Davit Gabunia, geboren 1982, ist als Autor und Kritiker eine herausragende Stimme der Literatur Georgiens. Er übersetzte u. a. Shakespeare, Strindberg und «Harry Potter», schrieb eine TV-Serie und gilt als wichtigster jüngerer Dramatiker, bereits mehrfach wurde er mit den bedeutendsten Theaterpreisen des Landes ausgezeichnet. Gabunias lang erwarteter erster Roman machte in Georgien Furore, Presse und Publikum waren begeistert.

«Ein Roman als vielschichtiges Abbild einer Gemeinschaft, die Veränderung herbeisehnt und sich zugleich vor ihr fürchtet, mit allen Spannungen, mit aller Aggressivität und aller Hoffnung.» *FAZ*

«Wie Gabunia das Verliebtsein beschreibt, die Verzweiflung und die Zukunftslosigkeit dieser Liebe, das ist großartig.» *General-Anzeiger*

«Gabunia erzählt in seinem Romandebüt präzise von den existenziellen Kämpfen im Georgien der Gegenwart, wie sie auch im Rest der Welt Alltag sind.» *taz*

«‹Farben der Nacht› ist ein kontroverses Fundstück, spannender Thriller und gleichzeitig Liebes- wie Politikroman.» *Focus Online*

«Wie der Roman das Spiel von drei gleichzeitig scheiternden Beziehungen mit politischen Vorgängen verknüpft und das eine im anderen spiegelt, das ist ausgesprochen erhellend.» *WDR 5 Bücher*

«Davit Gabunia bricht mit seinem Roman die Schablonen der georgischen Literatur auf. Dies zeigt nicht nur den Mut des Autors, sondern auch die Bedeutung seines Werks ... Eine weibliche Stimme wie die Tinas ist einmalig in der georgischen Literatur.» *Indigo, Kulturzeitschrift*

DAVIT
GABUNIA

FARBEN DER NACHT

ROMAN

AUS DEM GEORGISCHEN
VON RACHEL GRATZFELD

ROWOHLT TASCHENBUCH VERLAG

Die Übersetzung dieses Romans wurde gefördert durch das Georgian National Book Center und durch das Ministerium für Kultur und Sport Georgiens.

GEORGIAN
NATIONAL
BOOK
CENTER

Veröffentlicht im Rowohlt Taschenbuch Verlag, Hamburg, März 2020

Die georgische Originalausgabe erschien 2017 unter dem Titel «Daschla» bei Books in Batumi, Batumi.
Covergestaltung any.way, Barbara Hanke und Cordula Schmidt, nach einem Entwurf von Anzinger und Rasp, München
Coverabbildung Hanka Steidle/plainpicture
Satz Abril Text
Gesamtherstellung CPI books GmbH, Leck, Germany
ISBN 978-3-499-27464-0

Für Blanche, meine Katze,
die mir zuschaut

I'm a fountain of blood
In the shape of –

Er steht und schaut. Hinunter auf ihn. Steht reglos, ebenso reglos, wie der daliegt, auf den er hinunterschaut. Wie eigenartig Blut riecht. Er versucht, sich den Geruch einzuprägen, will ihn sich merken, vergleicht ihn mit anderen, mit vertrauten Gerüchen. Der Vergleich macht es leichter: säuerlicher als anderes, süßlicher als anderes. Plötzlich wird ihm bewusst, dass Vergleiche ganz unnötig sind, ihm wird klar: Dieser Geruch hat sich ihm schon eingeprägt, und er wird sich unweigerlich erinnern, ihn erkennen, sobald er ihn erneut in die Nase bekommt. Noch nach Jahren oder in vollkommener Dunkelheit, wo das Auge keine Hilfe ist und nicht unfehlbar leitet, wo nur auf den Geruch Verlass wäre, würde er zweifelsfrei sofort wieder wissen, dass es Blut ist, er wird diesen Geruch mit nichts anderem verwechseln, und das nicht, weil er ihn bewusst in sein Gedächtnis einsortiert hätte, ihm neben allen anderen Gerüchen einen Platz zugewiesen und ihm einen Namen gegeben hätte, nein, eher im Gegenteil, denn was er jetzt empfindet, kann er mit keinem anderen süßlichen, säuerlichen, angenehmen oder unangenehmen Geruch verbinden. Und sich Außergewöhnliches einzuprägen ist leicht. Er steht und schaut auf den Körper hinunter. Schön ist er, denkt er. Diesen Gedanken kann er nicht zurückhalten. Auch nicht all die anderen Gedanken, viel zu schnell jagen sie dahin, einer genau wie der andere oder nur geringfügig verschieden, und diese Ähnlichkeit ist verwirrend, so verwirrend wie die Artikel der deutschen Sprache. Wären es ganz unterschiedliche Gedanken, könnte er sich selbst vielleicht wieder in den Griff bekommen und sie abwehren, doch sie ähneln einander zu sehr, reihen sich so dicht aneinander, dass nicht zu unterscheiden ist, wo der eine endet und der andere beginnt: Bald schießt ihm durch den Kopf, wie schön dieser Körper ist – bald, wie attraktiv – bald, wie maskulin – bald, wie doch noch immer jungenhaft und trotzdem maskulin; gleichzeitig denkt er an die Blutlache, die große Lache, die sich rot auf dem nicht sehr sauberen weißen Teppich ausgebreitet hat. Weiß ist eine heikle Farbe, denkt er, sie verbirgt nichts. Der Körper scheint wie mit Absicht so sorgsam hingebettet zu sein, mit dem Kopf auf dem Teppich, damit sich rings um ihn herum das Blut zu einem Glorienschein sammelt. Ein neuer Gedanke durchfährt ihn: Nein, kein Glorienschein, eine Blüte. Die Beine sind ein bisschen gespreizt, eine Hand liegt auf dem Bauch, der andere Arm ist ausgestreckt. Sein Blick löst sich vom Körper, gleitet zurück zum Teppich. Eine frisch gepresste Blume im Herbarium, denkt er, und der nächste Gedanke widerspricht sogleich: eine frisch gepflückte Blume, deren Farben noch nicht stumpf geworden sind. Nach wie vielen Minuten verfärbt sich Blut, wann wird es dunkler? Wann verliert sich sein Geruch? Soll ich hierbleiben und abwarten? Und woher nur kommen diese unsinnigen Vergleiche? Er kann sich nicht in den Griff bekommen, seine Gedanken überschlagen sich, rasen, einer zieht den anderen nach sich. Schön ist der sterbende Körper, schön die Blutlache; unheimlich still sickert das Blut aus der zerschmetterten Stirn, kaum merklich wird die Lache auf dem Teppich größer und größer. Die Augen stehen offen, dabei dachte er immer, nur im Kino werde so gestorben, damit der Zuschauer den bedeutungsschweren Blick des Schauspielers in Nahaufnahme sehen, der Geliebte oder der Freund dem toten Helden mit zitternder Hand die erloschenen Augen schließen kann, als bitte er um Verzeihung, dass er ihm nicht zur Seite stand. Aber nein, es ist wohl tatsächlich so: Der Körper stirbt mit offenen Augen. Wie seltsam, denkt er, ich vermag ihn nicht als Menschen wahrzunehmen, er ist ein schönes Bild, das einen Geruch verströmt, das einer frisch gepflückten Blume gleicht, das eine Farbe, eine Form hat und sich nicht bewegt. Ist er schon gestorben? Wie, wann, in welchem Augenblick genau? Mit dem letzten Atemzug hat er seine Seele ausgehaucht – da, noch so eine Platitude, denkt er und lässt den Blick über den schönen Leib wandern, beginnend mit dem Gesicht, von der Stirn über die Nase zu den Lippen. Nein, der Mund steht nicht offen, die Lippen sind zusammengepresst, das Kinn gereckt. Die Kehle. Der Adamsapfel. Er bückt sich zum Hals hinunter, so nah, dass er links, an der Wölbung zwischen Kiefer und Hals, drei Stoppeln entdeckt, die der Rasierklinge entgangen sind. Was für eine Diskrepanz, diese Stoppeln dürfen nicht da sein, denkt er, und bevor er diesen Gedanken gleich selbst verwerfen kann, eilt sein Geist weiter zu einem neuen: Das Gesicht riecht nach Aftershave, aus dieser Nähe ist der Rasierwasserduft intensiver als der Blutgeruch. Nein, das darf nicht sein, dieser Duft stört. Da, nah über den Lippen schwebt auch noch Zigarettengeruch. Für einen kurzen Augenblick meint er, dieser Geruch sei in Wirklichkeit sein eigener; sein Gesicht ist dem des anderen jetzt so nah, dass er Eigenes einem Toten zuschreibt.

Er hält inne. Ihn berühren? Fühlen, wie viel Wärme noch in dem Körper ist? Nein. Er ist schön, schön, er ist schön, wiederholt er für sich und weicht erschrocken zurück. Schaut wieder auf den anderen hinunter. Wovor hat er sich bloß erschrocken? Was soll ein Toter ihm schon anhaben können? Was könnte jetzt denn passieren? Ist es ein Lebenszeichen, dass er riecht? Er weiß, der Geruch besteht aus in der Luft schwirrenden Molekülen und wird sich früher oder später verflüchtigen, im frischen Zug vergehen, der zum Fenster hereinweht. Er denkt: Diese Moleküle schlucke ich, sie geraten mir in Nase und Hals. Blutgeruch in die Nase zu bekommen ist genauso wie Blut trinken –

Hier stockt sein Gedanke, springt nicht zum nächsten, ähnlichen weiter. Er bückt sich wieder und nimmt die Brust in Augenschein. Blonder, fast farbloser Flaum umgibt die Brustwarze. Er blickt auf den seitlich ausgestreckten Arm und denkt: Könnte ich aus diesem Abstand, genau aus diesem Winkel eine Aufnahme machen, und könnte die Kamera genau dasselbe erfassen, was ich jetzt sehe? Das sprießende Achselhaar, den straffen Armmuskel, die gerundeten Fingerspitzen und die blutige Handfläche und die Brustwarze mit dem weichen Flaumhaar. Lange schaut er so, prägt sich das Bild ein. Könnte ich das zeichnen, ersetzt ein neuer Gedanke den vorherigen, dann würde ich ihn so zeichnen, genau so. Er bückt sich noch etwas tiefer, kneift das linke Auge zu und blickt auf den ausgestreckten Arm, richtet den Fokus bald auf die Hand, bald auf die Achsel, denn die Brustwarze ist zu nah; sein Auge beginnt zu schmerzen, und wie er es reiben will, streift sein Unterarm plötzlich den Körper, die Brust. Unwillkürlich. Ohne Bedacht. Sofort kommen seine Gedanken ins Stocken, nein, schlimmer: Sämtliche Gedanken lassen ihn im Stich, es bleiben nur Empfindungen, die sich noch schneller abwechseln als die Gedanken. Der Körper ist warm, fühlt er, die Brust befleckt kein Tropfen Blut, sie ist trocken – nein, ein wenig klebrig müsste sie sich anfühlen, denn der Schweiß ist noch nicht vollkommen verdunstet, sondern überzieht die Haut mit warmer Feuchte.

Jetzt kehren die Gedanken wieder zu ihm zurück: Und wenn er noch lebte? Wenn er lebte und sich plötzlich regte? Nein, er weiß, dass er tot ist. Er weiß es, und nur deshalb kommen ihm all diese Gedanken. Was empfinde ich?, überlegt er. Er kann es nicht benennen. Genuss? Gefallen? Wäre es schön, das Gesicht auf die noch warme

Brust zu betten und mit einem Auge auf den ausgestreckten Arm zu blicken? Er macht eine kleine Bewegung zum Körper hin und berührt ihn jetzt sogar mit der Hand. Er befühlt die Kompaktheit der Muskeln. Er hatte immer geglaubt, ein toter Körper müsste starr und hart sein, aber dieser hier ist weich und nachgiebig. Vermutlich erstarrt er in ein, zwei Stunden, überlegt er, und an die Stelle der Verwunderung tritt jetzt wieder das Denken: Nie könnte ich in einem Leichenschauhaus arbeiten, auch Arzt wäre nichts für mich und noch viel weniger Chirurgie ... Aber was mache ich jetzt? Das hier ist anders, er ist noch warm, wie ein Lebendiger, so warm. Heißt das, dass die Wärme das Hauptkennzeichen für Leben ist? Das würde dann bedeuten, er lebt noch. Was mache ich denn, wenn er noch lebt?

Vorsichtig legt er ihm die Hand auf den Bauch. Er hat eine schmale Taille, eine ungewöhnlich schmale Taille, breite Schultern und eine schmale Taille. Er berührt die Hand, die auf dem Bauch liegt: Seine Finger sind lang, sie verströmen keine Wärme mehr. Die Finger sind tot, denkt er. Schnell ergreift er die kalte Hand und nimmt sie vom Bauch herunter. Beide Arme sind jetzt seitlich ausgebreitet.

Er richtet sich wieder auf und schaut auf ihn hinunter. Unnatürlich liegt er da, nie hätte er so fallen können. Aber er ist schön. Noch immer sickert Blut aus der zerschmetterten Stirn, der Teppich hat sich mittlerweile vollgesogen. Kein roter Kreis mehr, der den Kopf wie ein Glorienschein umgibt, das Rot hat eine ganz unregelmäßige Form angenommen. Aber wer sagt denn, dass ein Glorienschein unbedingt rund sein muss? Der Blick huscht wieder in Richtung Bauch. Da, wo die Rippen aufhören, wo der Bauch sich einwölbt, ist eine kleine Narbe zu sehen, die von einer Naht geblieben sein muss. Wahrscheinlich war da eine Drainage, überlegt er. Würde ich ihn umdrehen, wäre auf der anderen Seite wohl eine große Narbe. Soll ich ihn drehen?, überlegt er. Vom Nabel abwärts wieder flaumiges blondes Haar; die sprießenden Härchen verlaufen in einem gleichmäßigen Streifen, fast schockierend symmetrisch, obwohl das in der schwachen Beleuchtung nicht mal besonders gut zu sehen ist. Der Streifen führt in eine eng anliegende weiße Unterhose. Da fällt ihm die Verfärbung auf: Vorne auf der Unterhose ist ein großer gelber Fleck. Er denkt: Kurz vor Eintritt des Todes erschlaffen die Schließmuskeln, und der Sterbende verliert die Kontrolle über den Harnfluss. Dieses Weiß ist überflüssig, mehr noch, es stört und macht das schöne Bild kaputt. Überhaupt, eine Nacktstatue soll ja auch kein Blatt verhüllen, Nacktsein sollte wirklich ganz nackt sein bedeuten. Das denkt er, als sein Blick jetzt an den Beinen entlangwandert, der obere Teil der Schenkel ist fast haarlos, dann fangen die Haare wieder an, mehren sich um das Knie und werden dann zu den Waden hin auffällig dunkel. Das passt alles nicht zu ihm, denkt er, um vollkommen zu sein, müsste er gänzlich unbehaart sein. Ein bisschen oberhalb der Fußgelenke hört die Behaarung auf, als trage er Socken – oder, im Gegenteil, als wäre genau diese Stelle entblößt. Zehen findet er meistens unansehnlich und lächerlich, aber jetzt, an diesem Körper, gefallen ihm sogar die Zehen. Die Nägel sind ein wenig zu lang. Was für kleine Füße er hat, denkt er und versucht sich vorzustellen, wie dieser Körper aufrecht steht, wie er wohl ging, auf diesen ungewöhnlich kleinen Sohlen. Er berührt den großen Zeh: Es scheint nicht nur so eine Vorstellung, dass der Tod sich über Zehen und Finger in den Körper stiehlt. Wenn sein wichtigstes Zeichen die weichende Wärme ist, dann verhält es sich tatsächlich so. Denn die Finger und auch die Zehen sind kalt.

Was ich nur für Zeug denke, denkt er. Dieser Körper ist ganz und gar schön. Er steigt auf einen Stuhl, um ihn von noch weiter oben betrachten zu können, dann auf den Tisch, greift zum Fotoapparat und versucht, den ganzen Körper aufs Bild zu bekommen.

Er versucht es, aber die Fotos befriedigen ihn nicht. Auf den Bildern scheint überhaupt nicht auf, was er gerade sieht, das eigentliche Ensemble bleibt unsichtbar, alles bleibt platt und leblos. Auf den Bildern ist dieser Körper ein gewöhnlicher Toter. Er klettert wieder herunter, greift dann den Apparat, geht wieder nah heran, steigt über den Körper, bückt sich hinab zur Brust und versucht, den Ausschnitt aufzunehmen, den er zuvor im Blick hatte, das Bild, das Brustwarze, Achselhaar und der in runde Fingerspitzen auslaufende ausgestreckte Arm ergaben. Aber wieder ist er enttäuscht: Was er gerade noch wirklich gesehen hat, zeigt das Foto nicht. Vielleicht ist das, was ich sehe, in Wirklichkeit gar nicht so, sondern ganz anders, denkt er, so wie auf Tonaufnahmen die eigene Stimme ganz fremd klingt – eingefroren, konserviert – und nichts gemeinsam hat mit der in der Wärme der eigenen Kehle erzeugten Stimme, die ich selbst in mir, aus mir heraus höre.

Das mit dem Bild kommt ihm sinnlos vor. Er legt den Apparat zur Seite. Setzt sich auf den Boden und stützt sich auf den Ellbogen. Schaut wieder auf den Körper. Er weiß genau, was zu tun ist, doch das kommt später, wenn der Körper erkaltet ist, noch ist nicht Morgen, noch hat er Zeit, kann tun, was die eilenden Gedanken, die sich so sehr ähneln, ihm eingeben. Der Ellbogen ermüdet, die Schwere des eigenen Körpers lässt die Armmuskeln zittern, und er tut das, was er auch sonst tun würde: Er streckt sich aus. Legt sich neben den Körper, legt den Kopf auf den blutgetränkten Teppich, schaut auf das ihm zugewandte Gesicht, schaut ihm in die Augen, doch er fürchtet sich nicht. Er ist tot, was kann er ihm anhaben? Und er ist auch noch nicht so lange tot, dass er ihn mit seinem Totsein ängstigen würde. Wie lange braucht Blut, um zu trocknen? Wann verliert es seine helle Farbe und beginnt, an Weinflecken zu erinnern? Und unversehens legt er ihm den Kopf auf die Brust, erst vorsichtig, indem er die Nackenmuskeln spannt, sodass er das Gewicht seines Kopfs noch selbst trägt. Dann, jäh, lässt er den Kopf sinken. Er spürt, wie die Brust unter ihm etwas nachgibt. Er denkt: Was kann mir ein Toter anhaben? Ihm wird es doch egal sein?

Er legt ihm die linke Hand auf den Bauch, an die Stelle, wo die Wölbung unter den Rippen beginnt, und auf einmal belebt sich der Körper, in der Brust gluckst etwas. Noch bevor er erschrocken aufspringen kann, geht der Mund auf und spuckt einen Schwall warmen Blutes heraus. Panisch fährt er hoch – aber nein, der Körper ist nicht wieder lebendig geworden; durch sein Gewicht auf der Brust muss irgendetwas in den Lungen in Bewegung geraten sein und bewirkt haben, dass er das restliche Blut erbrach, das ist alles. So denkt er sich das; aber er kommt ihm doch auch lebendig vor. Demnach wären es also Wärme und Blut. Erst wenn beides vollständig aus dem Körper gewichen ist, kommt der richtige Tod.

Er steht auf, erblickt im Spiegel die Blutspritzer in seinem Gesicht, und ihm wird bewusst, dass er ein anderer Mensch geworden ist. Er fährt sich mit dem Zeigefinger über die blutige Stirn. An diesem 21. September 2012 hat sich die Welt verändert und wird nie wieder sein wie zuvor. Auf geht's, an die Arbeit, denkt er.

SURAB

Also ich, ich hab keinen Job, ich bin arbeitslos. So sieht's von außen aus, bloß, was heißt eigentlich arbeitslos? Ich bin nicht arbeitslos, ich sitze zu Hause. Wie andere sich das Zuhausesitzen vorstellen, weiß ich nicht, aber einfach nur Rumsitzen heißt das bestimmt nicht. Tina geht morgens ins Büro. Sie fängt um neun an und lässt mich mit den Kindern allein. Nein, einfach so lässt sie mich nicht mit ihnen allein, erst weckt sie sie, macht ihnen Frühstück, sorgt dafür, dass sie sich Gesicht und Hände waschen, und erst dann geht sie. Ich bringe die Kinder anschließend zur Schule beziehungsweise in den Kindergarten. So machen wir das. Gio ist in der zweiten Klasse, Datuka kommt dieses Jahr aus dem Kindergarten, und ab nächstem Jahr geht er auf dieselbe Schule wie Gio. Kurz, ich nehme beide an der Hand und bringe sie in Schule und Kindergarten.

An dem Tag hab ich sie aber mal nicht hingebracht. Warum, weiß ich nicht mehr. Ne, jetzt weiß ich's wieder, es war August, und die Kinder verbrachten ja die Schulferien bei Tinas Mutter. Jetzt weiß ich's genau, der

18. August war's, ja, am 18. August hab ich ihn zum ersten Mal gesehen. Oder nein, zuerst gesehen hab ich im Hof vor dem vorderen Block das Auto. Irgendeine nicht so häufige Marke, nicht eins von den ganz teuren oder so, eher ein älteres Modell und rot, grellrot. So leuchtend rot, dass es hundertpro neu lackiert sein musste. Einem Fremden konnte es nicht gehören, es musste irgendeiner von hier sein, denn der Hof wird mit einem Schlagbaum geschlossen, und nur Anwohner können mit ihren Autos reinfahren. Was für ein Wagen. Ich wunderte mich und hab ihn mir aus der Nähe angesehen. Es war ein Alfa Romeo. Wie viele Leute in Tiflis fahren schon einen Alfa Romeo? Bestimmt nur ganz wenige. Ich kenne niemanden mit einem Alfa Romeo, soweit ich mich erinnere. Und diese Farbe! Ich kann mich nicht entsinnen, schon mal irgendwo so ein Rot gesehen zu haben. Was für ein Rot, hab ich gedacht. Egal. Ich ging wieder in die Wohnung rauf. Ich war bloß zum Zigarettenholen unten gewesen. Wenn die Kinder nicht zu Hause sind, rauchen Tina und ich drinnen, sind sie aber da, rauchen wir überhaupt nicht. Oder nur mal auf dem Balkon. Ich bin hochgegangen, hab die Schuhe ausgezogen, die Vorhänge aufgemacht und mir den Wagen von oben angeschaut. Zwischen all den anderen Autos sah er noch röter aus. Ich konnte mir nicht erklären, warum die Farbe mich so irritierte. Ich bin auf den Balkon raus, hab mir den Aschenbecher hingestellt und eine Zigarette angezündet. Dann sagte ich mir: Was stehst du hier draußen, was soll das, die Kinder sind bei der Großmutter, es ist Sommer, richtig heiß, die Sonne

brennt, was machst du denn hier, geh rein und rauch in aller Ruhe drinnen. Aber nein, dieses Auto ging mir nicht aus dem Sinn, und ich schaute weiter hinunter. Was für ein Typ konnte das sein, der hier einen solchen Wagen besaß? Beziehungsweise, wer konnte es sein, ich kannte doch sämtliche Jungs im Block, keiner von denen würde sich so ein Auto anschaffen. Vielleicht war's das Auto von einem Mädel, oder es war ein neuer Nachbar. Wirklich, ein völlig unnatürliches Rot. Als ich die dritte Zigarette angezündet hatte, kam er aus dem vorderen Block. Er war so zweiundzwanzig, dreiundzwanzig, älter bestimmt nicht, und trug eine von diesen bloß wadenlangen Hosen. Er schloss die Wagentür rasch mit dem Schlüssel auf – das alte Modell hatte noch keine Fernbedienung –, stieg ein, fuhr rückwärts aus dem Hof und wendete hinter dem Block. Ja, sicher ein neuer Nachbar.

Scheiß auf ihn, was steh ich hier in der Hitze rum? Ich ging wieder rein. Im Sommer knallt die Sonne wie verrückt auf den Balkon, und auf dieser Wohnungsseite wird es schweineheiß, deshalb hat Tina dicke Vorhänge hingehängt, die wir im Sommer immer zulassen. Ich hielt's aber nicht aus und zog sie erneut auf, um den vorderen Block in Augenschein zu nehmen. Es war keine Wohnung dort verkauft worden, also musste er was gemietet haben. Bloß, in welchem Stockwerk? Im Erdgeschoss und im ersten Stock gibt's meines Wissens nichts zu mieten, auch im zweiten nicht. Also musste er im dritten sein, in der Einzimmerwohnung der Tschelidses. Die Tschelidses vermieten ständig, sie selbst wohnen daneben in drei

Zimmern, die Einzimmerwohnung vermieten sie, weil sie sie nicht brauchen. Hatten sie mal für ihren Sohn vorgesehen. Wenn der mal heiraten würde, sollte er da einziehen. Aber der Sohn ist nach Amerika gegangen, hat dort studiert, dann einen guten Job gefunden und ist geblieben. Ist aber jetzt auch praktisch für die Tschelidses, wenn das Geld so ohne jede Anstrengung reinkommt, du vermietest eine Wohnung und kannst damit deinen Grundbedarf mehr als decken.

Ja, der Typ hat bestimmt die Tschelidse-Wohnung gemietet, sagte ich mir. Ihr Balkon geht nach dieser Seite raus, in Richtung unseres Blocks, mit einer Fenstertür, so einer, die sich weit öffnen lässt. Die Vorhänge sind abgehängt, offenbar will er neue anbringen. Was glotz ich denn jetzt bei dem rein, was soll das?

Am Morgen hatte mich Tina noch gebeten, zu Lili runterzugehen, mal nach ihr zu sehen. Lili wohnt genau unter uns, in der dritten Etage, ist ziemlich betagt, achtzig, fünfundachtzig oder so. Vierundzwanzig Stunden am Tag kniet sie uns auf der Seele, weil sie sich einbildet, von uns oben würde Wasser zu ihr runtertropfen, dabei kommt da überhaupt nichts runter. Am Vorabend hatte sie Tina mal wieder abgefangen und ihr vorgejammert, was denn so schwer daran sei, «dass dein Mann die Leitungen repariert, wie lange soll das noch dauern mit dem Wasser, das von euch zu mir runtertropft». Aber da ist nichts, war noch nie was. Jedes Mal, wenn ich bei ihr nachgesehen habe, hat sie mir irgendwelche uralten Wasserflecke an der Decke gezeigt, wo vor zwanzig Jahren oder was weiß ich wann, jedenfalls lange vor unserem Einzug, was durchgetropft war. Egal, ich ging an dem Tag also mal wieder runter und sagte: Liebe Lili, jetzt zeigen Sie mir mal, wo es runtertropft. Sie strich ihr Haar zurück, rollte mit den Augen, ließ mich rein, führte mich ins Zimmer und zeigte auf eine dunkle Stelle an der Decke. Ich fragte nach einem Stuhl, stieg hinauf und befühlte die Flecken. Ich wollte mich versichern, dass da keine Feuchtigkeit war.

Und sofort ging es los: Was soll eine alte Frau wie ich dich anlügen? Wenn ich's dir sag, da kommt Wasser von euch runter, glaubst du mir etwa nicht?

Liebe Lili, erwiderte ich, da ist früher mal Wasser durchgetropft, ganz früher, bevor Tina und ich hier eingezogen sind, bei uns ist alles in Ordnung, von uns drückt nichts zu Ihnen durch, wie oft muss ich Ihnen das noch sagen.

Da fing sie plötzlich an zu weinen: Was haben alle nur gegen mich, was hab ich verbrochen, eine alleinstehende alte Frau wie ich, nur weil ich wehrlos und ohne Angehörige bin, sind alle so frech zu mir und verkaufen mich für dumm.

Eine gute halbe Stunde ging das so. Ich kenne unsere Lili. Sie will einfach, dass ihr jemand zuhört, weiter nichts. Also hörte ich zu. Immer dieselbe Leier, seit Jahren, man muss einfach dazu nicken und ihr nicht widersprechen. Mein Blick glitt zum Fenster. Auch von Lilis Fenster aus war die Tschelidse-Wohnung zu sehen. Der Typ war zu Hause. Hängte Vorhänge auf. Aber ganz dünne Vorhänge, durchsichtige. Das Zimmer hatte eine hohe Decke, er stand auf einem Stuhl und erreichte mit Müh und Not die Vorhangschiene.

He, hörst du mir überhaupt zu? Lili wurde böse. Was stehst du da und starrst? Was gibt's da zu sehen?

Schon gut, Lili, sagte ich, ich reparier das Ganze noch diese Woche, und dann Schluss, aus, Ende, von uns tropft Ihnen kein Wasser mehr auf den Kopf.

Genau das hatte sie gewollt, ihren Willen durchsetzen und fertig, mehr nicht, sie hatte meine Antwort und war zufrieden. Gut, sagte sie, aber schieb's bloß nicht auf, hörst du, flick deine Badewanne und die Toilette, das kann doch schließlich und endlich nicht so schwer sein?

Zurück in unserer Wohnung, stellte ich mich wieder ans Fenster. Der Junge war nicht zu sehen.

Ich ging ins Badezimmer. Mir war natürlich klar, dass sie uns zu Unrecht traktierte, aber ich wollte es trotzdem überprüfen, einfach sichergehen. Es war alles trocken, nirgends tropfte irgendwas.

Tina kam spät von der Arbeit nach Hause, hatte mich schon angerufen und gesagt, sie würde später kommen, müsste wegen irgendwas Überstunden schieben, ich sollte mir keine Sorgen machen. Ob ich die Kinder abgeholt hätte.

Tina, sagte ich, die Kinder sind bei deiner Mutter, sie haben Schulferien, da gibt's niemanden abzuholen.

Ah, ja natürlich, sagte Tina verwirrt. Okay, dann kümmere ich mich jetzt wieder um meine Arbeit.

Tina und ich sind gewohnt, alles exakt durchzuorganisieren. Alles richtet sich nach dem Stundenplan der Kinder, Zuspätkommen gibt's bei uns nicht. Die Jungs essen pünktlich, ich bringe Gio zum Fußball, Datuka ist dafür noch zu klein. So leben wir, ganz normal. Tina ist eine Glucke, eine Mutter, die sich aufopfert für ihre Kinder, ich helfe ihr natürlich auch, wo ich kann. Als die beiden kleiner waren, hab ich auch noch gearbeitet, aber dann wurde mein Betrieb geschlossen, und ich war arbeitslos. Tina meinte, kein Problem, dann schaust du erst mal nach den Kindern, und ich geh arbeiten, und irgendwann wird sich schon wieder was ergeben, bis dahin bringt uns mein Gehalt schon über die Runden. Sie verdient zwar anständig, trotzdem würde es für eine Nanny nicht reichen, aber da ich ja nicht arbeite, ist's egal, ich kann mich um die Kinder kümmern.

An dem Abend kam sie sehr spät von der Arbeit heim, erst gegen elf Uhr nachts. Ist halt Ferienzeit, sagte sie, die Hälfte der Mannschaft ist im Urlaub, dabei haben wir so viel zu tun, dass wir ständig allem nur hinterherhetzen. Sie tat mir total leid. Nicht einmal gebadet hat sie vor lauter Müdigkeit, sie schlief auf der Stelle ein.

Es war sehr heiß. Wirklich eine Affenhitze. Früher hab ich die Hitze problemlos ertragen und den Tifliser August mühelos überstanden, aber seit ein paar Jahren macht sie mir immer mehr zu schaffen. Tina sagt, das sei, weil ich zugenommen hätte. Ein bisschen hab ich tatsächlich zugelegt; bis ich achtundzwanzig war, hatte ich noch überhaupt keinen Bauch, ich war sogar schlanker als Tina, erst danach hab ich ein bisschen angesetzt.

Am nächsten Tag, am 19. August, sagte Tina schon wieder, dass es spät werden würde. Mir fehlten die Kinder.

Ich war gewohnt, sie zu Hause und immer um mich zu haben, und wusste nicht, was ich jetzt den ganzen Tag lang ohne sie machen sollte. Irgendwann merkte ich, dass ich wahnsinnig viel rauchte. Musste wohl die Leere irgendwie füllen. Weil Tina ja auch weg war, tat ich nichts außer rumliegen und rumsitzen, ab und zu stand ich auf und rauchte eine. So ging das nicht weiter, ich musste was ändern. Also verordnete ich mir selbst: Tu ich eben so, als ob die Kinder zu Hause wären und ich drinnen nicht rauchen darf. Ich ging auf den Balkon hinaus. Schluss mit Schlendrian, ich rauch nur noch auf dem Balkon, fahr die Anzahl der Kippen runter, ich verstink nicht die ganze Wohnung, und für mich selber ist's auch besser, gesundheitsmäßig.

Am 19. August stehe ich also auf dem Balkon und rauche. Rauchen bei so einer Hitze ist auch nicht gerade der höchste Genuss, du ziehst an der Zigarette, und der Rauch ist so heiß wie die Luft, wirklich unangenehm. Und wie ich da draußen stehe, hab ich ihn wiedergesehen. Er kam mit einer kleinen blauen Wanne voller Wäsche auf seinen Balkon und fing an, sie aufzuhängen. An die erste Wäscheleine, außen, gleich vor dem Geländer, hängte er die Socken und die Unterhosen, davor die Handtücher und eine Hose und an die dritte Leine ganz außen die Bettlaken. Tina macht es genauso, zuerst BHs, Unterwäsche und Socken und davor, um sie vor den Nachbarn zu verdecken, die übrige Wäsche. Früher ist mir das nie aufgefallen, erst jetzt. Eigentlich lächerlich, aber so macht sie es, offenbar will sie nicht, dass die ganze Nachbarschaft ihre BHs und die Unterwäsche begutachten kann. Ich beobachte ihn, gleichzeitig ist es mir ein wenig peinlich; ich will nicht, dass er bemerkt, wie ich ihm zusehe. Ich versuche zu erraten, was für ein Typ das ist, was er von Beruf sein könnte. Wo arbeitet der? Wenn er den Kies hat, um sich eine Wohnung zu mieten, muss er irgendwas Ordentliches arbeiten, die Wohnungen sind ganz schön teuer hier.

Er ist fertig mit Wäscheaufhängen, geht rein, trägt den Wäschekorb ins Bad und setzt sich dann in dem großen Zimmer in einen Sessel. Der Vorhang ist aufgezogen und das Zimmer von meinem Balkon aus gut zu sehen. Er sitzt einfach da und tut nichts. Ich weiß zwar nicht, was genau für ein Nichtstun das bei ihm ist, aber er sitzt eben da und macht nichts. Ich bin ähnlich untätig, wenn die Kinder nicht zu Hause sind, aber wenigstens rauche ich eine Zigarette, oder was weiß ich, ich trinke ein Bier oder gucke Fernsehen, der aber hockt einfach da und rührt sich überhaupt nicht. Sein Gesicht kann ich nicht genau sehen. Der vordere Hausblock ist zwar nah, aber so nah auch wieder nicht, dass ich die Gesichtszüge erkenne. Ich höre, wie Tina nach Hause kommt.

Was ist los, Tina, warum bist du so früh da, alles in Ordnung?

Nichts ist. Wir haben eine Veranstaltung auswärts, ich muss mich umziehen, duschen und sofort wieder los. Und du, was treibst du so?, fragt sie.

Nichts, sage ich, ich sitz auf dem Balkon und mach nichts.

Sie lächelt mir halbherzig zu, macht sich frisch und verschwindet bald wieder.

Am 20. August rief Tinas Mutter an und sagte: Die Kinder haben zwar Sehnsucht nach euch, aber ich behalte sie trotzdem hier, bis die Schule wieder anfängt, dann könnt ihr euch auch mal ein bisschen erholen. Da der Vorschlag von ihr kam, sagten wir natürlich nicht nein. Okay, sagte ich, ich schau dann die nächsten Tage mal bei euch draußen vorbei. Darauf kam Datuka ans Telefon und erzählte, Gio sei mit anderen Kindern Fußball spielen gegangen.

Am 21. August war Tina wieder spät dran. Ich stelle schon keine Fragen mehr, ich weiß, sie hat viel zu tun im Büro, und sie lassen sie Überstunden machen. Ich sitze auf dem Balkon. Trinke die dritte Flasche Bier. Rauche. Eigentlich hab ich mir ja überlegt, dass ich in der kinderfreien Zeit deshalb auf dem Balkon rauche, damit ich meinen Zigarettenkonsum leichter runterschrauben kann, aber das Gegenteil passiert. Ich sitze jetzt die ganze Zeit auf dem Balkon, tu nichts außer rauchen, bis zu zwei Päckchen am Tag. Es ist Abend, so gegen zehn, und schon dunkel. Der Mieter der Tschelidses ist zu Hause, das Licht brennt. Ich beobachte ihn. Er hantiert herum, räumt auf, rückt zurecht, offenbar erwartet er Gäste. Er geht in die Küche. Die kann ich von hier aus nicht sehen. Überhaupt, was geht mich das an, was glotz ich da. Zu hören ist nichts, die Blöcke stehen zwar nah beisammen, aber so nah jetzt auch wieder nicht, dass man Stimmen erkennen könnte. Er hat Musik laufen, die ich fetzenhaft höre, kann aber nicht erraten, was für Lieder es sind. Die Gäste sind eingetroffen, ein Mädchen und zwei Jungs. Sie haben sich gegenseitig abgeküsst. Er hat ihnen die Wohnung gezeigt. Gelächter. Jetzt trinken sie. Stellen die Musik lauter. Zwischendurch ist immer wieder Gelächter zu hören. Das Mädchen tritt auf den Balkon. Geht wieder rein. Nicht besonders spannend. Es ist ganz normaler Besuch.

Tina kommt endlich heim, und ich gehe auch rein.

Hast du keinen Hunger?, frage ich.

Was haben wir denn?

Nichts Besonderes, aber ich kann dir was machen.

Wir essen, Tina und ich. Du bist wohl sehr müde, was?, frage ich. Soll ich dich massieren?

Tina erwidert nichts. Ich massiere ihr den Nacken und die Schultern. Entspann dich, du bist ja ganz verkrampft, kein Wunder, wenn du den ganzen Tag vorm Computer sitzt. Tina sagt kein Wort. Ich bekomme einen Ständer. Sie bemerkt es. Ich lehne mich an ihren Rücken. Sie schaut zu mir auf, lächelt, aber es ist ein müdes Lächeln, das mir ganz klar mitteilt: Sie will keinen Sex. Okay, ich hab verstanden. Es ist sowieso zu heiß, das macht Kuscheln unangenehm. Tina geht ins Schlafzimmer und ruft, sie müsse morgen früh raus. Um halb zwölf schläft sie. Ich bleibe auf.

Sein Besuch ist noch da. Die Musik weht immer noch in Fetzen zu unserem Balkon herüber. Ich kann auch jetzt nicht ausmachen, was das ist, welche Songs. Er und das Mädchen stehen auf dem Balkon, rauchen, und plötzlich sehe ich, wie die zwei anderen Jungs, die im Zimmer geblieben sind, auf dem Sofa sitzen und miteinander knutschen. Die beiden auf dem Balkon tun nichts dergleichen. So geht das eine ganze Weile. Ich lösche das Licht, stelle mich hinter den Vorhang und beobachte, was wohl weiter passiert. Es passiert aber nichts, nichts Besonderes. Das Mädchen und der Junge kehren ins Zimmer zurück. Wieder schallt Musik herüber. Sie reden, lachen. Die beiden Typen auf dem Sofa sitzen bis spätnachts eng umschlungen da.

Ich gehe ins Schlafzimmer. Lege mich, ohne mich auszuziehen, neben Tina. Ich lege ihr die Hand auf die Brüste, liebkose sie. Ihre Haut ist ein bisschen feucht vom Schweiß. Ich weiß nicht, ob sie wirklich schläft oder sich nichts anmerken lässt. Vielleicht ist sie so müde, dass sie lieber so tut, als merke sie nichts. Sie hat keine Lust. Ich gehe ins Badezimmer und hole mir unter der Dusche einen runter.

22. August. Ich kann nicht schlafen. Tina spricht im Schlaf. Das tut sie öfter, sagt sinnloses Zeug, Wörter, die keinen Zusammenhang ergeben. Ich schalte den Fernseher ein, auch hier nichts Interessantes. Irgend so ein Dokumentarfilm über eine Affenflüsterin, gut, eine Wissenschaftlerin, die in Afrika lebte und Affen erforschte und irgendwelche höchst bedeutsamen Erkenntnisse gewann. Ich kapier nicht die Hälfte davon, und es inter-

essiert mich auch nicht. Werbeunterbrechung. Videoclips zu den bevorstehenden Wahlen mit der Laufzeile «Bezahlte Wahlkampfwerbung». Die Wahlen sind im Oktober, und sie gehen einem jetzt schon auf den Sack.

Es ist drei Uhr morgens. Im Fenster drüben brennt noch Licht. Er lässt das Licht immer an, vielleicht fürchtet er sich ja im Dunkeln. Ich sehe, dass sich etwas bewegt, ist wohl noch Besuch da. Noch so ein Junge. Nein, ein Mann. Ungefähr fünfzig Jahre alt, vielleicht sogar älter. So sieht es jedenfalls aus von hier. Ich mache den Fernseher aus, nicht dass sie mich bemerken, und stelle mich hinter den Vorhang. Ich wage kaum zu atmen, nur ein Schritt, und sie könnten mich entdecken. Ich stehe und schaue ihnen zu. Der Mann macht das Licht aus. Zwei Minuten später macht der Junge es wieder an. Der Mann macht es noch mal aus, der Junge wieder an. Gedämpftes Gelächter. Der Ältere gibt nach, sie lassen das Licht brennen. Der Mann löst den Schlips, der Junge knöpft ihm das Hemd auf und streichelt ihm die Brust. Ach du Schande. Aus dem Schlafzimmer höre ich Tinas Stimme, ich ignoriere sie erst, sie redet bestimmt schon wieder im Schlaf.

Surab, ruft sie dann. Ist wohl doch wach.

Ja, was ist?

Surab, wo bist du?

Ich kehre ins Schlafzimmer zurück.

Ich hab ferngesehen.

Was Interessantes?

Nein, nichts, ständig nur Wahlkampfwerbung, hirnverbranntes Zeug.

Ach so.

Tina beruhigt sich, schließt die Augen. Ich muss noch immer an die beiden denken. Soll ich sie weiter beobachten? Wenn ja, was dann? Was bekäme ich zu sehen? Wie irgendwelche Schwulen es miteinander treiben? Tina wälzt sich im Schlaf und legt mir eine Hand auf die Brust. Ich schmiege mich eng an sie.

Am 23. kommt Tinas Mutter vorbei und bringt die Kinder mit. Sie vermissen euch so sehr, also hab ich sie kurz hergebracht, sagt sie.

Gio hat sich mit einem anderen Buben geprügelt, er hat ein blaues Auge.

Kind, was ist das denn?, frage ich, aber Tinas Mutter bedeutet mir zu schweigen. Dann nimmt sie mich beiseite.

Beruhig dich, es ist nicht schlimm, ich hab es mir gründlich angesehen – Tinas Mutter ist Krankenschwester –, es gibt keinen Grund zur Besorgnis. Er hat mit dem Nachbarjungen gerauft, wegen einem Mädchen, das ihm gefällt. Er hat dem anderen offenbar gesagt, er soll sie in Ruhe lassen, sonst würde er ihm den Schädel einschlagen, und der andere hat sie eben nicht in Ruhe gelassen.

Sie erzählt es lachend.

Liebe Neliko, sage ich, das ist zwar jetzt im Nachhinein eine lustige Geschichte, aber mir ist trotzdem überhaupt nicht zum Lachen, was, wenn dem Jungen was passiert wäre?

Na, seid doch nicht so überfürsorglich, du und Tina,

der Junge hat eben gerauft, mach nicht solch ein Drama. Ich bin gleich danach zu den Eltern gegangen, zusammen mit Gio, und hab den anderen sich entschuldigen lassen. Ich hab die beiden miteinander versöhnt und ihnen das Versprechen abgenommen, sich nicht mehr zu prügeln.

Und wer hat jetzt das Mädchen?

Ach, das ist ein albernes Gör, älter als die beiden, die solltest du mal sehen, wie die sich schon aufdonnert. Tinas Mutter lacht. Komm, wir rufen Tina an und fragen, wann sie zu Hause ist, damit sie mit den Kindern ein bisschen schmusen kann, bevor ich sie wieder mitnehme.

Datuka kommt angerannt: Papa, ich muss pinkeln.

In der Toilette gesteht er mir, dass er eigentlich gar nicht muss, sondern nur zur Mama will, aber das in Omas Gegenwart nicht sagen konnte.

Mama kommt bald, sage ich und nehme ihn in die Arme.

Auch an diesem Tag kam Tina spät nach Hause, allerdings nicht so spät wie an den vorigen Tagen. Sie freute sich wahnsinnig, die Kinder zu sehen, konnte gar nicht aufhören mit Küssen und Streicheln. Neliko meinte irgendwann, es sei schon spät und die Kinderchen sollten sich fertig machen zum Aufbruch. Die Kinderchen aber sträubten sich und wollten lieber bei Mama und Papa bleiben. Tina nahm sie beiseite und redete ihnen gut zu. Das macht sie oft: Sie spricht dann mit ihnen genau wie mit Erwachsenen, sie wird nicht laut, setzt sich vor sie hin und erklärt ihnen ganz ruhig, was jetzt ansteht und warum das besser ist. Ich und Tinas Mutter warteten und hörten aus dem Nebenzimmer, wie Tina erklärte: «Hier ist es jetzt sehr heiß», dann sprach sie von «sauberer Luft» und «Oma». Schließlich kam sie mit triumphierender Miene und zusammen mit den Kindern heraus und sagte zu ihrer Mutter: Sie kommen mit dir.

Später, gegen zwölf in der Nacht, sahen Tina und ich uns «Mad Men» an. Am Ende der Folge drehte sie sich zu mir und fragte: Was meinst du, bin ich eine schlechte Mutter?

Ich versteh nicht, Tina.

Na, weil ich meiner Mutter die Kinder so aufdränge, als wollte ich sie loswerden. Bin ich eine schlechte Mutter?

Was redest du da, Tina, du bist eine tolle Mutter, es ist einfach so, dass jeder mal eine Pause braucht, außerdem haben wir Sommer, es ist heiß, die Kinder sind auf dem Land an der frischen Luft, aber nicht weit weg, wenn was sein sollte, sind wir sofort bei ihnen, können sie jederzeit abholen, also was heißt hier schlechte Mutter, was redest du da?

Du willst mich nur beruhigen, sagte Tina, ich glaub trotzdem, dass ich keine gute Mutter bin, Jungen brauchen eine andere Mutter.

So was hatte sie früher nie gesagt. Ich begriff, dass sie wahnsinnig erschöpft sein musste. Warum nur hatte sie im August keinen Urlaub genommen? Sie war doch völlig ausgelaugt und abgestumpft von der ganzen Arbeit.

Geh schlafen, sagte ich und küsste sie auf die Stirn.

Und du, legst du dich nicht hin?

Nein, ich bin noch nicht müde, sagte ich.

Ich verstand überhaupt nicht, wie sie auf so was kam und was sie bloß damit meinte: eine schlechte Mutter.

Tina hat eine besondere Art, über bestimmte Dinge zu reden, nicht direkt, immer fängt sie aus der Ferne und über Umwege an. Vielleicht wollte sie mir ja etwas zu verstehen geben. Vielleicht, dass nicht sie, sondern ich der schlechte Elternteil bin, ein schlechter Vater, der den ganzen Tag zu Hause hockt, seine Frau arbeiten lässt und selbst nichts beiträgt. Ich bin den Jungen eine schlechte Mutter, hatte sie gesagt; wollte sie damit sagen, dass ich den Jungen ein schlechter Vater bin? Ich wurde jetzt ein bisschen wütend, aber das ging schnell vorbei. Hatte sie mir denn je Vorwürfe gemacht? Was phantasierte ich da?

Ich trat auf den Balkon. Drüben brannte wieder Licht, eine niedrige Stehlampe am Kopfende des Betts, die er nachts brennen ließ. Er schlief. Zum ersten Mal ging mir der Gedanke durch den Kopf, dass es voll daneben war, einen fremden Menschen so zu bespitzeln. Oder etwa nicht? War es vielleicht anders? Vielleicht turnte es ihn sogar an, dass jemand ihn beobachtete. Wenn nicht, hätte er ja anständige Vorhänge aufhängen können, und keiner würde etwas sehen. Ich fragte mich, wie ich an seiner Stelle reagieren würde, wenn mich jemand so beobachtete. Doch warum sollte mich wer beobachten, was tat ich schon Besonderes? Nichts. All die Tage sitz ich rum und tu nichts, was gibt's bei mir schon Spannendes zu sehen? Und bei ihm? Ist das spannend? Er bringt irgendwelche Typen nach Hause. Ist das spannend?

Am 24. August räumte ich die Wohnung auf, ich musste mich doch irgendwie nützlich machen, außerdem würde sich Tina freuen. Sie würde sich wundern und gleichzeitig total freuen, wenn sie in eine aufgeräumte Wohnung nach Hause käme. Ich staubsaugte, scheuerte den Boden, leerte das Bücherregal, staubte jedes Buch einzeln ab und stellte die Bücher wieder so zurück, wie Tina sie eingereiht hatte. Dann schob ich den Sessel und das Sofa vor die Balkontür. Das alles machte mich müde. Immer wenn so eine Hitze herrscht, fülle ich die Badewanne mit kaltem Wasser und stelle mich jede Stunde für eine Weile in die Wanne. So machte ich es auch jetzt. Es war brütend heiß an dem Tag, in der ganzen Nachbarschaft brummten die Klimaanlagen. Wir benutzen unsere nicht; für Kinder ist heruntergekühlte Luft nicht gut, sie erkälten sich gleich. Staubsauger verbreiten ja diesen Geruch nach erhitztem Plastik, hinten, wo die heiße Luft rauskommt, und genauso riecht die Luft aus Klimaanlagen. Ich lüftete die Wohnung durch, öffnete alle Fenster. Auch die Balkontür. Kein Lüftchen regte sich. Ich ließ mich in den Sessel fallen. Von hier aus war der vordere Block gut zu sehen. Ich konnte stundenlang hinaussehen, ohne aufstehen zu müssen. Die Möbel zu verschieben war eine gute Idee gewesen.

Am 25. August kam Ika vorbei, mein Kumpel seit Kinderzeiten. Bei dieser Hitze hab ich keine Lust, rauszugehen und irgendwo zu essen, hatte er gesagt. Ich komm rauf zu dir und bring eine gekühlte Wassermelone und was zu trinken mit, und dann machen wir es uns bei dir gemütlich.

Ika und ich sind in dieselbe Klasse gegangen und die ganze Zeit über Kumpels geblieben – wenn auch nicht zuletzt aus Trägheit. Vielleicht ging es damit los, dass keiner von uns beiden mit Fußball was anfangen konnte. Versteht sich ja nicht von selbst, dass man jemanden mit derselben Wellenlänge findet.

Als Ika gehen wollte, waren wir schon ganz schön betrunken. Wo willst du jetzt hin?, fragte ich. Bleib doch noch ein bisschen, kein Grund zur Eile, Tina kommt nicht so schnell heim, die steckt bis zum Hals in Arbeit, bleib, und wir quatschen noch.

Wir schenkten uns nach, und jetzt legte er richtig los. Sie hatten ihm die Stelle gekündigt, diese Wichser, wie er sie nannte.

Aus was für einem Grund denn?, fragte ich.

Keinem, einfach so auf die Straße gesetzt haben mich die. Was soll ich jetzt verdammt noch mal tun? Ich weiß nicht, wie ich was Neues finden soll, dabei erwarten Nino und ich ein Kind, du weißt ja, was das für Mehrausgaben bedeutet. Ich hab keine Ahnung, was ich machen soll.

Kann dein Vater nicht helfen? Der könnte dich doch irgendwo unterbringen, oder?

Ne, den kann ich nicht fragen, der wirft mir sowieso schon das ganze Leben lang vor, dass ich kein Mann sei und mit einunddreißig noch nicht auf eigenen Beinen stehe. Man könnte meinen, es sei total einfach, in diesem

Scheißland auf eigene Beine zu kommen, dabei stinkt's mir gewaltig, bloß rumzusitzen, mir die Eier zu kratzen und zu warten, bis mir jemand was zuwirft. Aber was soll ich tun, Mann? Alles, was ich selbst angepackt hab, ist irgendwann schiefgegangen. Der vorige Betrieb hat zugemacht, jetzt hat mich auch diese Firma entlassen, ich hatte ja so eine Office-Manager-Stelle, nichts Besonderes, aber immerhin etwas. Weiß der Geier, was ich machen soll. Ich könnte mich in irgendein Wahlkampfbüro reinschleimen, Typen wie mich können die zurzeit schon brauchen, aber wenn der Oktober vorbei ist, machen die erst mal wieder zu, das hat keinen Sinn.

Er redete und redete. Inzwischen war es dunkel geworden. In der Mietwohnung der Tschelidses ging das Licht an. Um diese Zeit ungefähr kam er immer nach Hause. Wir hatten nichts mehr zu trinken. Ika wollte runtergehen und noch was holen, aber ich war dagegen, wir waren ohnehin ganz schön dicht, es reichte. Du hast recht, sagte Ika und fing plötzlich an zu heulen. Du meine Güte. Ich war verwirrt.

Alter, du bist nur besoffen und nicht mehr klar im Kopf, geh nach Haus, kümmere dich um Nino, tröste sie, das wird dich selber auch beruhigen, du willst doch Vater werden, also reiß dich zusammen, irgendwas wird sich ergeben, irgendein Ausweg für dich und Nino und euer Kind – wird's eigentlich ein Junge oder ein Mädchen?

Ein Junge, und das macht mich erst recht fertig.

Warum denn das?

Ich weiß nicht.

Jetzt weinte er nicht mehr.

An diesem Abend musste Tina den Tisch abräumen und den Boden wischen, der völlig vertropft war vom Melonensaft, und die Flaschen entsorgen. Sie sagte nichts, sie weiß, dass ich diesen einen Kumpel hab und auch den nur selten sehe, aber meine Putzaktion war vollkommen für die Katz gewesen. Den ganzen Tag hatte ich aufgeräumt, mich ins Zeug gelegt, und was traf sie an: einen zugedröhnten Mann, der sich kaum auf den Beinen halten konnte, vollgefressen und betrunken, und die Wohnung voller Schnapsgestank. Es war mir alles hinten und vorn nicht recht, und ich sagte: Tina, bitte, diese Nacht schlaf ich hier, auf dem Sofa, ich will, dass du eine ruhige Nacht hast. Sie war einverstanden und schloss die Schlafzimmertür hinter sich.

Nachts kühlte es ein wenig ab. Ich wachte dreimal auf, musste aufs Klo. Drüben brannte wieder das Licht. Der mit dem Schlips war zu Besuch. Er zog sich gerade Hemd und Hose aus, diesmal eigenhändig. Ihr solltet euch schämen, dachte ich und wandte ihnen den Rücken zu, damit ich mir das nicht ansehen musste.

Am nächsten Morgen rief mich Gio an: Papa, ich hab mir von Oma einen Zahn ziehen lassen, bin ich nicht stark?

Und es hat gar nicht weh getan?

Nein, überhaupt nicht, Oma hat einen Faden drangemacht und ihn so rausgezogen.

Heute ist Sonntag, Mama und ich kommen euch besuchen, sagte ich.

Tina meinte dann aber, sie habe ihre Tage und wahnsinnige Schmerzen. Das Problem hatte sie schon immer; früher hat man ihr gesagt, mit der ersten Geburt würden die Beschwerden verschwinden, aber überhaupt nichts wurde besser. Fahr du allein hin, sagte sie, mir geht's so schlecht, dass ich mich nicht von der Stelle rühren kann; sag den Kindern, sie sollen mir bitte nicht böse sein, dass ich nicht mitgekommen bin.

Also bin ich allein rausgefahren. Ich bin bis spätabends geblieben und hab mit den Kindern gespielt, bis ich total müde war.

Bleib doch hier, sagte Neliko, wohin willst du denn jetzt noch, Busse fahren keine mehr, bleib über Nacht und geh morgen früh.

Tina ist ein Einzelkind und ihre Mutter Neliko eine seltsame Frau, gar kein schlechter Mensch, aber einfach seltsam. Undefinierbar. Mit den Kindern hat sie uns damals sehr geholfen, und auch jetzt ist sie eine große Hilfe. Sie richtet ihre Ferien jeweils so ein, dass sie die Kinder zu sich nehmen kann.

An dem Abend hab ich die Kinder zu Bett gebracht.

Willst du einen Tee?, fragte mich Neliko. Wenn du willst, können wir Backgammon spielen.

Wir spielten zwei Runden, die sie beide gewann, die Würfel fielen voll zu ihren Gunsten, außerdem schaute ich mit einem Auge zum Fernseher, der bei ihr ständig läuft, und plötzlich sehe ich diesen Mann. Den mit dem Schlips. Der Ton war leise gestellt.

Neliko, wer ist das?

Der? Den Namen hab ich vergessen, der ist beim Staatsschutz oder so ähnlich.

Er war es wirklich. Mit ernstem, sorgenvollem Gesicht beantwortete er die Fragen von Journalisten. Einen kurzen Moment glitt sein Blick zur Kamera, und ich hatte ein komisches Gefühl, als ob er mich gesehen hätte. Gesehen hätte, wie ich auf dem Balkon stand und ihn beobachtete.

Spielen wir noch eine Runde?, fragte Neliko.

Ich wollte nicht mehr.

Gut, dann geh ich jetzt ins Bett, du kannst aufbleiben, wenn du willst.

Im Fernsehen wurde bereits zur nächsten Tagesmeldung gewechselt. Ich dachte an den Mann mit dem Schlips, wie ihm der Mieter der Tschelidses das Hemd auszog, wie er ihn auf die behaarte Brust küsste. Ich schaltete den Fernseher aus. War er das wirklich gewesen? Nachts, in dem schwachen Licht, zudem aus der Entfernung konnte ich sein Gesicht nicht besonders gut erkennen. Wie hieß er gleich wieder? Guram, Merab oder etwas in der Richtung, ich hatte es nicht geschafft, mir die Laufzeile zu merken.

Ich fuhr am Morgen mit dem ersten Bus zurück nach Tiflis und war zu Hause, noch bevor Tina ins Büro musste. Es ging ihr keineswegs besser, aber sie musste trotzdem zur Arbeit, konnte nicht krankmachen. Bis zum Abend saß ich untätig herum, wusste nichts anzufangen und schlief fast ein. Auf dem Sofa in der Nähe des Balkons. Sooft ich die Augen öffnete, flog mein Blick zu der Mietwohnung. Nichts passierte dort, er war nicht zu Hause. Bei Einbruch der Dämmerung bog sein grell rotes Auto in den Hof. Ich löschte die Lampe und bezog meinen Posten. Ich sehe, wie er die Stufen zum Eingang hochgeht, wie die Sensoren das Licht im Treppenhaus einschalten, er geht zu seinem Stockwerk hoch, schließt die Tür auf. Ich weiß schon auswendig, was nun geschehen wird. Vom Fenster aus ist nicht alles zu sehen, aber was ich nicht sehe, reime ich mir zusammen. Zuerst zieht er wahrscheinlich die Schuhe aus, dann geht er ins Badezimmer, pinkelt oder wäscht sich die Hände, geht ins große Zimmer und macht das Licht an, geht in die Küche, macht auch dort das Licht an, überlegt vielleicht, ob er Kaffee aufbrühen soll oder Tee. Er nimmt kaltes Wasser aus dem Kühlschrank. Dann dreht er Musik an, setzt sich in den Sessel und bleibt eine Zeitlang sitzen. Er bekommt einen Telefonanruf, oder er hat selbst jemand angerufen und redet nun ziemlich lange. Was interessiert mich das alles, warum starre ich hinüber? Wahrscheinlich weil hier nichts los ist, weil ich nichts mit mir anzufangen weiß, bis Tina von der Arbeit nach Hause kommt. Und wenn sie nach Hause kommt, was ändert das schon? Sie wird sagen, wie müde sie ist vom ganzen Tag, dass sie keine Lust auf nichts hat, und sich schlafen legen. Ich hab mich schon gewöhnt daran, und es ist mir sogar irgendwie lieber, dann kann ich in aller Ruhe für mich sein, unbeobachtet im Sessel sitzen oder auf dem Sofa, ohne dass mich jemand fragt, was ich da treibe.

Der mit dem Schlips kommt nicht. Das Licht brennt,

irgendwen erwartet er, aber es kommt niemand. Die Warterei wird ihm zu viel, er löscht das Licht, knipst die Nachtlampe an, zieht sich aus und legt sich hin. Diese Nacht passiert offenbar nichts weiter, auch ich lege mich hin, aufs Sofa. Tina geht es ja immer noch schlecht, außerdem ist es zu heiß, um aneinandergeschmiegt zu schlafen.

Am 28. August ist Marienfest. Lange glaubte ich, es handle sich um Marias Geburtsfest, bis sich herausstellte, dass es um ihren Tod geht. Wozu man sich an diesem Tag beglückwünscht, ist mir schleierhaft: Wie kann es sein, dass der Tod von jemandem, von wem auch immer, Grund zum Glückwünschen ist? Ika erklärte mir, dass der Feiertag eigentlich die «Entschlafung Mariens» heißt und dass es sich so vom Theologischen her nicht um einen simplen Tod handelt, aber ich kapier's trotzdem nicht, Tod ist Tod, auch wenn du's Entschlafung oder sonst wie nennst. An diesem Feiertag pflegte meine Großmutter in einem besonderen, geschlossenen Raum geweihte Speisen hinzustellen, sie trug alle möglichen Früchte auf, gekochte Maiskolben und Kürbis und steckte Kirchenkerzen hinein, genau so viele, wie wir Verstorbene in Familie und Verwandtschaft hatten. Sie wartete, bis die Kerzen vollkommen heruntergebrannt waren, dann ließ sie uns Kinder an diesen Tisch, und wir mussten immer alles aufessen, durften nichts von der Totenspeise übrig lassen. Später machte es meine Mutter am 28. August genauso, einige Jahre lang zumindest. Irgendwann wurde sie es leid, oder sie hat es allmählich vergessen. Ich selbst kaufe an dem Tag einfach ganz viele Früchte und esse sie. Ich esse nur Obst, sonst nichts. Bei der Hitze hat man ohnehin keine Lust auf Fleisch oder eine richtige Mahlzeit.

Nach Mitternacht, gegen halb zwei, kommt er, der mit dem Schlips. Ich hab auf ihn gewartet. Sehnsüchtiger als der andere wahrscheinlich. Ich sehe ihn mir genau an. Einen Feldstecher bräuchte ich. Muss mir einen zulegen. Muss mich überzeugen, dass er es wirklich ist. Tina schläft. Sie schläft immer sehr tief, völlig ausgeschlossen, dass sie aufwacht. Ab und zu entschlüpfen ihr ein paar zusammenhanglose Wörter: «Foto», «nein», «so viel», «Zimmer» ... Du kannst dir keinen Reim darauf machen. Moment, Foto? Welches Foto? Mir kommt eine tolle Idee. Ein Fotoapparat, Tinas Kamera! Warum hab ich bis jetzt nicht daran gedacht? Wo bewahrt sie sie auf? Ich gehe ins Schlafzimmer. Vorsichtig, um sie nicht zu wecken, öffne ich den Schrank. Da ist sie. Ich schließe mich in der Toilette ein und schalte die Kamera an. Gespeichert sind Bilder von den Kindern, Spaziergänge im Park. Nichts Besonderes. Karussells, Luftballons. Nur was dieses eine seltsame Bild soll, weiß ich nicht: ein alter, fleckiger Spiegel, auf den etwas aufgeklebt ist. Sieht aus wie ein Fähnchen, eine Flagge. Ich vergrößere es. In meiner Kindheit gab es diesen türkischen Kaugummi mit Sammelbildchen der verschiedenen Nationalflaggen. An dem Spiegel klebt ein solches Sammelbildchen, eine hellblaue Flagge mit einem weißen Stern. Darüber steht auf Englisch: *So-*

malia, capital: Mogadishu; area: 637657 km²; population: 8051000. Dasselbe auch auf Türkisch. Im Spiegel ist eine Hand zu sehen, die der Frau, die die Kamera hält. Tinas Hand. Mehr nicht. Was für eine schöne Flagge Somalia hat, denke ich, obwohl mir etwas ganz anderes zu denken gibt ... Schluss, ich will Fotos von denen machen. Heute fange ich damit an.

Wozu zum Teufel will ich eigentlich Fotos von denen? Egal, ich schieße einfach drauflos, wer weiß, wofür sie mal gut sind. Die Kamera hat ein gutes Objektiv, einen ordentlichen Zoom.

In dieser Nacht mache ich drei Aufnahmen. Der mit dem Schlips trägt bereits keinen Schlips mehr, der Junge ist nackt. Sie umarmen einander. Gezoomt sind beide Gesichter ganz gut erkennbar. Er ist es wirklich, der im Fernsehen mit ernstem Gesicht Journalistenfragen beantwortete. Dunkler Teint, sein Schädel ist oben kahl, an den Seiten trägt er das graue Haar länger. Er hat einen kleinen Wanst und eine sehr haarige Brust, ist untersetzt, vielleicht eins fünfundsiebzig groß.

Drei Bilder hab ich aufgenommen. Ich warte, bis er sich wieder anzieht. Er küsst den Jungen und verlässt die Wohnung. Im Treppenhaus setzt nacheinander von oben nach unten die sensorische Etagenbeleuchtung ein. Es ist drei Uhr morgens, als er auf die Straße tritt. Aufmerksam späht er um sich, es kommt ihm jedoch nicht in den Sinn hochzublicken. Selbst wenn er das täte, könnte er mich nicht entdecken, ich stehe im Dunkeln. Mit schnellen Schritten eilt er davon. Er versteckt sich.

Am 29. August hab ich den ganzen Tag fotografiert, einfach so, für mich. Ich ging im ganzen Viertel herum und nahm alles Mögliche auf, reizte die Kamerafunktionen aus. Am Abend setzte ich mich hin und löschte jedes Bild einzeln. Ich ließ nur Tinas Bilder von den Kindern und das vom Spiegel mit der somalischen Flagge übrig. Ein seltsames Bild, ich muss Tina fragen, wo und wann sie es aufgenommen hat. In Nelikos Haus gibt es keinen solchen Spiegel. Ich hab auch die drei Nachtfotos gelöscht. Nicht weil ich sie peinlich fand, sondern weil es qualitativ schlechte, verschwommene Aufnahmen waren. Ich warte ab, bis es Abend wird, und mach dann bessere, dachte ich. Inzwischen konnte ich mit der Kamera schon viel besser umgehen, hatte Übung im Fokussieren und alldem, auch bei schwacher Beleuchtung.

An dem Abend ist er früher nach Hause gekommen. Wieder stand ich auf meinem Posten, die Kamera gezückt. Er hatte Gäste mitgebracht: die beiden Jungs, die vor einigen Tagen zu Besuch waren. Sie waren kaum in der Wohnung, als sie schon übereinander herfielen. Ich weiß nicht, warum ich sie aufnehme oder wozu. Tina darf die Fotos nie zu Gesicht bekommen. Ich werde sie auf den Computer laden, in einem Musikordner verstecken.

Ich schoss sehr viele Bilder, fast zweihundert. Spät in der Nacht, als Tina schlafen gegangen war, setzte ich mich hin, um die Fotos zu sortieren. Alle, die auch nur ein bisschen verschwommen oder auf denen die Gesichter nicht gut zu sehen waren, löschte ich. Am Schluss blieben ganze dreißig Bilder. Anhand dieser Fotos hätte man alle drei Typen eindeutig identifizieren können. Danach speicherte ich die Bilder auf dem Rechner, in einem Musikordner, einem Unterunterordner des Ordners. Tina braucht den Laptop selten, trotzdem, ich verstecke sie lieber, Vorsicht schadet nicht.

Der Mann mit dem Schlips ist nicht gekommen. Offenbar kommt er nicht jeden Tag her. Ich muss eine Gesetzmäßigkeit finden, ihm auflauern.

Er kam wieder am 30. August, um halb zwei morgens. Er ging mit gesenktem Kopf, schaute jedoch immer wieder wachsam um sich. Kein Zweifel, der versteckt sich wirklich, wahrscheinlich hat er Angst, erkannt zu werden. Aber halt, warum geht der eigentlich zu Fuß, wenn er so auf der Hut ist? Ach, verstehe, er hat ein Auto mit Behördenkennzeichen und parkt es irgendwo entfernt, damit es ihm hier keiner abfackelt, und die restliche Strecke läuft er dann. Wie in einem billigen Spionagefilm. Aber Chapeau – so ein Risiko einzugehen braucht Mut.

In dieser Nacht haben sie nicht miteinander gefickt, stattdessen stritten sie sich heftig. Der Junge schrie irgendwas, es war nichts zu verstehen, aber ganz klar schrie er, der andere brachte ihn zum Schweigen, hielt ihm mit der Hand den Mund zu. Dann saßen sie eine Weile still da, der Ältere suchte den Jüngeren zu beruhigen, setzte sich neben ihn, streichelte ihn, der Junge jedoch wehrte ihn ab, wollte in Ruhe gelassen werden. Jetzt wurde der andere wütend, sprang auf und stürmte hinaus. Er eilte die Treppen hinunter, war sofort unten und überquerte mit schnellen Schritten die Straße. Wow, da hat es aber gefetzt. Um was es da wohl ging?

Ich hatte inzwischen den Dreh raus im Fotografieren und klickte nicht mehr wie wild drauflos. Ganze zwanzig Aufnahmen hatte ich gemacht, und alle waren gut, auf jeder einzelnen waren die Details zu sehen. Ich ging sie durch, sortierte und speicherte die Auswahl in einem zweiten Ordner. Die Ordner versah ich mit dem Datum.

Ich wollte schon zu Bett gehen, dachte, es würde sich nichts Interessantes mehr ereignen, als ich sah, wie der Junge aufstand und sich fertig machte, um noch mal rauszugehen. Er verließ das Haus, im Auto drehte er die Musik ganz laut auf, drückte aufs Gas und schoss aus dem Hof. Ich wartete bis zum Morgen, vielleicht würde er ja zurückkommen und es würde noch etwas Spannendes passieren, aber gegen sechs schlief ich mit der Kamera in der Hand ein.

Tina weckte mich. Warum schläfst du in den Kleidern, ist dir nicht heiß?, fragte sie. Die Kamera lag neben mir auf dem Boden. Mein Herz begann zu rasen, die Aufnahmen waren alle darauf, noch keine gelöscht. Wenn sie sich die jetzt ansieht ... Sie schaute sie nicht an, schien nicht mal die Kamera selbst wahrzunehmen. Plötzlich kam mir die Somali-Flagge in den Sinn. Ich könnte sie jetzt fragen, wo sie das aufgenommen hat, dachte ich, hielt mich aber zurück. Ein andermal, wozu die Eile.

Tina meinte, heute sei schon der 31. August und in zwei Tagen sei der Urlaub ihrer Mutter zu Ende, wir müssten die Kinder abholen. Ich war mit den Daten glatt durcheinandergekommen. Meine Zeitzählung richtete sich nach den Nächten, sozusagen von Fotografierstunde zu Fotografierstunde. August ist doch ein Monat mit einunddreißig Tagen, oder nicht? Wenn du die Monate an den Knöcheln und Vertiefungen der Fäuste abzählst, treffen Juli und August beide auf einen Knöchel, das hatte mich als Kind immer verwirrt, ich glaubte immer, der August müsste dreißig Tage haben. Wenn du dann aber beim Dezember anlangst und entdeckst, dass der Dezember auch dreißig hat, weißt du, irgendwas ist falsch, nicht irgendwas, sondern du weißt dann genau, dass dir der Irrtum beim Juli-August unterlaufen ist.

Wir müssen die Kinder abholen, okay, wo liegt das Problem?, fragte ich.

Kein Problem, ich erinnere dich nur daran.

Sie schien irritiert. Ich verstand nicht, was sie verdross oder irritierte.

Du musst doch nicht gleich ins Büro, oder? Leg dich ein bisschen zu mir, sagte ich und griff nach ihrer Hand.

Sie schwieg. Sah mich an, eine ganze Weile, und sagte dann leise: Nein, es ist zu heiß, ich hab schon geduscht, und außerdem reicht die Zeit dafür nicht, ich geh jetzt in die Arbeit.

Sie ging. Ich sitze da mit so einem Ständer. Tina ist weg. Ums Verrecken will er nicht wieder schlaff werden. Wir hatten seit ewig langer Zeit keinen Sex mehr gehabt. Ich zog die Vorhänge zu, schaltete den Computer an und öffnete die Bilddateien von gestern oder vorgestern, als sie zu dritt waren. Puh, schämen sollten die sich. In dem Augenblick rief Ika an, er sei in der Nähe und komme hoch, er sei wieder nicht besonders gut drauf und wolle reden. Okay, komm rauf, sagte ich und schaltete den Computer aus. Eine seltsame Tageszeit hatte er sich ausgesucht. Wahrscheinlich hatte er immer noch keinen Job gefunden und wollte sich ausheulen. Wie sollte er auch so schnell was finden. Und jetzt musste ich mir sein Gejammer anhören. Ich hatte überhaupt keinen Bock auf gekühlte Melone und Schnaps. Ich vertrage so viel Saufen nicht. Er will wieder einen Job. Na und? Einen Job will ich auch, aber wo gibt's den? Ich will noch was anderes, mir einen runterholen, aber dazu reicht die Zeit nicht mehr, Ika könnte plötzlich hereinplatzen. Na, und wennschon. Als ob er mich noch nie hätte wichsen sehen, als ob wir nie zusammen gewichst hätten. Wir waren in der achten Klasse, als wir uns die Pornokassetten von Ikas Bruder anschauten. Ein Mann mit einem Schwanz, so groß wie ein Pferdepenis, und eine Frau mit Riesenbrüsten, beide im Pool. Komm, ich hol dir einen runter, hatte Ika gesagt und mir in den Schritt gegriffen, das ist noch geiler. Das war alles. Jetzt muss ich darüber lachen. Da bin ich einunddreißig Jahre alt und muss an so was denken. Beziehungsweise, warum muss ich mir über den Fotos von diesen Scheißschwuchteln einen runterholen? Die Tür. Ika ist da. Er bringt keine Melone mit, auch keinen Schnaps, er kommt einfach so vorbei.

Er hockt da und erzählt mir, wie schwierig sein Leben im Moment ist, wie schwer es ihm fällt, Ninos Kapricen zu ertragen, dass er manchmal denkt, er hätte besser gar nie geheiratet, hätte besser nie ein Kind gehabt, und dass er sich überhaupt fragt, was er eigentlich will und wer er ist.

Ika, sagte ich, das geht vorüber, jetzt ist es schwer, und deshalb bist du so schlecht drauf. Komm, frag deinen Vater, ob er dir nicht hilft, ob er nicht was machen kann.

Das werd ich wohl müssen, ich seh keinen anderen Weg. Und du, wie geht's dir?, fragte er.

Mir, wie soll's mir gehen?

Willst du nicht was Eigenes anfangen?

Bruder, sagte ich, wenn ich zu Hause sitz, sitz ich nicht einfach so rum, ich schaff hier was weg, ich kümmere mich um die Kinder und so, das ist auch Arbeit.

Was für eine Arbeit soll das schon sein, Alter?

Das machte mich sauer. Was heißt sauer, stocksauer machte mich das. Ich sagte: Das verstehst du nicht, hab erst mal Kinder, dann siehst du, dass es Arbeit ist, sich um die Kinder zu kümmern, sogar sehr harte und nicht einfach irgendeine Arbeit, sondern ein wirklich harter Job.

Ist ja gut, sagte er und lachte mich komisch an. Was lachte dieser Spinner jetzt, worauf wollte er hinaus, warum schaute er mich so gefühlig an, was wollte er?

Ika, sagte ich, was guckst du mich so komisch an, und was soll das heißen, «was für eine Arbeit soll das schon sein»?

Ich hab ein bisschen was zu rauchen dabei, wenn du willst, rauchen wir einen, entgegnete er.

Du hast sie wohl nicht mehr alle, in dieser Stadt mit Gras rumzulaufen? Das fehlte dir gerade noch, dass sie dich damit erwischen, die können dir fünf Jahre aufbrummen, ist dir das eigentlich klar?

Ach niemals, ich hab's gut versteckt –

Was heißt gut, hast's dir in den Arsch gesteckt, oder was? Im Fall der Fälle finden sie es auch dort und buchten dich ein.

Ne, bald sind Wahlen, so rigoros sind die zurzeit nicht, schließlich wollen sie die Wähler nicht verärgern. Überhaupt, im Arsch, Blödsinn. In einer kleinen Innentasche in der Unterhose hab ich's, also, willst du oder willst du nicht?

Wir rauchten. Was gibt's Schöneres, als in aller Ruhe und Frieden einen zu kiffen.

Ika fragte: Was wird Tina sagen, wenn sie's riecht?

Tina kommt erst spätabends heim, mach dir keine Sorgen, erwiderte ich.

Das Zeug haute richtig rein.

Ich hab seit Jahren nicht mehr gekifft, sagte ich.

Ja, du hast es nie besonders gemocht, erwiderte Ika und begann ohne Überleitung, Kindheitserinnerungen zu erzählen.

Mein Puls begann zu rasen. Ika, hör auf, beschwor ich ihn in Gedanken, aber Ika hörte überhaupt nicht auf, er plapperte und plapperte. Erinnerte sich an jede Rauferei und jede Liebesgeschichte. So liebe Kinder waren wir, einfach blamabel, dass nichts aus uns geworden ist. Er haute immer in dieselbe Kerbe.

Mein High war bald vorbei, und ich wollte ihn nicht mehr hier herumsitzen haben, er soll gehen, bald wird es dunkel, und der Junge von gegenüber kommt nach Hause.

Tina kommt heim. Sie küsst Ika auf die Wange, sagt, er solle bleiben, wir könnten zusammen zu Abend essen, aber sie sagt es so gleichgültig und halbherzig, dass er sofort spürt, sie hat überhaupt keine Lust, höflich zu tun und mit ihm zu plaudern. Nein danke, sagt Ika, ich muss los, Nino ist allein zu Hause. Tina trägt ihm Grüße an Nino auf. Schließlich sind wir allein.

Was war los, was hast du?, fragt sie mich.

Nichts, was soll ich haben?

Ich seh's dir an den Augen an, habt ihr gekifft?

Ja, haben wir, na und, ist das nicht erlaubt?

Natürlich ist das erlaubt, ich frag ja nur.

Bist du jetzt auch wieder müde, wie heute Morgen, als du vor mir geflohen bist?

Ja, bin ich, und ich hab immer noch meine Tage.

Deine Tage machen mir nichts aus, komm her zu mir.

Lass mich, es reicht.

Nein, mir reicht es nicht, Tina, seit die Kinder bei deiner Mutter sind, gehst du mir aus dem Weg. Was ist los? Fehlt dir was, und du sagst es mir nicht? Du bist doch nicht etwa schwanger?

Spinnst du, nein, ich bin nicht schwanger, ich hab nur immer noch meine Tage.

Ich hab dir doch gesagt, das macht mir nichts aus.

Gleich danach schläft Tina ein. Es ist so was von ätzend, wenn sie nicht will und nur ich will. Das ist doch kein Sex mehr. Für sie ist es Pflicht geworden. Ich hingegen würde sie unbedingt wollen, auch wenn sie nicht meine Frau wär. Manchmal glaube ich, sie hat mich satt.

Ich sitze und schaue zu seinem Balkon rüber. Der Mann kommt. Wieder um dieselbe Zeit, halb zwei. Scheint ihr Stundenplan zu sein, immer kommt er um diese Zeit. Diesmal streiten sie nicht, alles wie gewohnt, er löst den Schlips selbst, der Junge knöpft ihm das Hemd auf. Er stellt Musik an, wohl damit die Nachbarn ihre Stimmen nicht hören. Ich mache an die zwanzig Aufnahmen. Ich mache auch ein Bild davon, wie er nachher im Eingang steht und verstohlen nach links und rechts blickt, bevor er das Haus verlässt und aus meinem Blickfeld verschwindet. Danach lege ich mich schlafen, im Schlafzimmer, neben Tina.

Zu meiner Zeit begann das neue Schuljahr immer am 1. September, heute ist es anders. Es hat noch nicht mal eine Ankündigung gegeben, ob die Schule Mitte September oder gar erst im Oktober beginnt. Die Kinder werden noch draufgehen vor lauter Untätigkeit und Faulenzen. Morgen hole ich Datuka und Gio nach Hause, und mein Leben wird ein anderes sein. Nein, kein anderes, im Gegenteil, es wird wieder so werden, wie es vorher war. Morgens wird Tina sich um die Kinder kümmern, bis sie zur Arbeit geht, dann übergibt sie sie mir. Bis Schule und Kindergarten wieder anfangen, gehe ich mit ihnen raus, ein bisschen spazieren, dann mache ich ihnen was zu essen, dann lasse ich sie in den Hof zum Spielen, dann schauen wir uns zusammen was an, irgend so einen Blödsinn, der ihnen Freude macht und ihnen auch beim dreihundertfünften Mal Anschauen nicht zum Hals raushängt, Harry Potter oder was Ähnliches zum Beispiel, dann ein kleines Schläfchen am Nachmittag, dann kommt Tina von der Arbeit nach Hause, wir essen zusammen zu Abend, Tina badet die Kinder und bringt sie zu Bett. Aber das alles passiert erst morgen.

Heute, am 1. September, sitze ich wieder da und warte, dass es Nacht wird. Nach meiner Rechnung dürfte er heute nicht kommen. Ich hab auf Google mehr über ihn rausgefunden, wer er ist. Merab heißt er. Und jetzt ist klar, warum er so heimlich tut. Er hat eine Frau, zwei Kinder und drei Enkelkinder und ist ein hohes Tier im Sicherheitsministerium. Klar muss er sich verstecken, was sonst? Wenn die Geschichte bekannt wird, sind seine Tage gezählt, Schluss mit der Karriere und wer weiß was.

Den Jungen hab ich nicht gegoogelt, auch nicht anhand seiner Fotos gesucht. Stattdessen ging ich zu den Tschelidses rüber und tat so, als würde ich mich nach ihrem Sohn Mischka erkundigen.

Liebe Manana, wie geht es Ihnen? Ist Mischka wieder im Land? Ah, nein? Ich hab nämlich in Ihrer Einzimmerwohnung Licht gesehen und dachte, er sei wieder da. Wie geht es ihm denn, was treibt er? In welchem Bundesstaat? Missouri? Wow, super.

Super, ja, meinte Manana, es sei überall super, wo es Arbeit gebe und man geschätzt werde.

Und die Wohnung haben Sie vermietet?

Ja, an so ein Bürschchen, sagte sie und zieht dabei eine Grimasse.

Wieso, was ist denn mit dem?, fragte ich.

Nichts, nichts, es ist nur, dass mir der Typ nicht so gefällt, nachts veranstaltet er immer einen Heidenlärm, das mag ich nicht.

So ist die Jugend eben, die machen die Nacht zum Tag.

Manana lachte. Wie du redest, man könnte meinen, du bist so alt wie ich.

Nein, sagte ich, aber ich bin es wegen der Kinder gewohnt, darauf zu achten, dass wir im Haus keinen Lärm machen.

Manana sagte zerknirscht: Ja, wenn mein Mischka doch nur endlich heiraten und Kinder in die Welt setzen würde ... Er ist ja schon fast so alt wie du, und er hat's überhaupt nicht eilig.

Alles zu seiner Zeit, vielleicht hat er das Mädchen noch nicht getroffen, mit dem er sein restliches Leben verbringen möchte, erwiderte ich.

Ja, alles geschieht nach Gottes Willen, sagte Manana und lächelte mir zu.

Ich ging wieder. Nach dem Namen ihres Mieters hatte ich nicht gefragt, damit sie keinen Verdacht schöpfte. Doch wieso hätte sie Verdacht schöpfen sollen, weswegen? Das war gar nicht schlecht von mir: «Vielleicht hat er das Mädchen noch nicht getroffen, mit dem er sein restliches Leben verbringen möchte.» Woher nehme ich auf einmal solche Wörter? «Sein restliches Leben.»

Ich bin einunddreißig Jahre alt, werde wahrscheinlich mindestens siebzig, das bedeutet, dass Tina und ich noch neununddreißig Jahre zusammen verbringen könnten. Ich hab Tina noch kein einziges Mal betrogen. Seit neun Jahren ist sie meine Frau, und es wäre mir noch nie in den Sinn gekommen, mit einer anderen zu schlafen. Ika hatte mich früher ständig deswegen gehänselt. Ich hatte ihm gesagt: Heirate erst mal, dann begreifst du, dass es da überhaupt nichts zu spötteln gibt, du gewöhnst dich einfach an die eine Frau, sie turnt dich an, du willst mit ihr zusammen sein, sie versteht dich, sie ödet dich nicht an, ihr habt es gut zusammen, also wozu zum Teufel sollte ich eine andere Frau wollen? Wo hätte ich Platz im Herzen für eine andere Frau?

Ika meinte, ich sei ja ganz schön sentimental geworden, das komme bestimmt von den Kindern.

Ich sagte, ich sähe darin kein Problem, überhaupt sei Problem das falsche Wort, mit Tina und mir stehe alles zum Besten und basta. Ja, es stand tatsächlich alles zum Besten – bis zu diesem Sommer. Ika selber war, nachdem er und Nino geheiratet hatten, ein bisschen ruhiger geworden, das ist jetzt kaum ein Jahr her, vielleicht dreht er jetzt wieder ab. Oft denke ich, dass meine Verbindung zu Ika gar keine richtige Freundschaft ist, sondern es ist einfach so, dass ich sonst keinen hab, der mir so nahesteht, und das seit der Kindheit, zudem fällt mir Ika nicht allzu lästig, er lässt sich ja nicht oft bei mir sehen. Er ist keiner von den Kumpels, die ständig an dir kleben und dir auf den Geist gehen.

Tinas Mutter rief an und sagte, wir sollten uns nicht die Mühe machen, zu ihr rauszufahren, sie würde die Kinder selbst herbringen. Die Kinder, ich hatte sie total vermisst. Heute Abend konnte ich früh mit ihnen zusammen schlafen gehen. Denn Merab kam heute nicht, laut Plan war nicht sein Tag. Wie gut, dass Neliko die Kinder brachte, mich bei der Hitze bis zu ihr rauszuschleppen, das wäre schon grausam gewesen. Ich hätte Manana doch nach dem Namen des Jungen fragen sollen, statt diesen Unsinn zu reden, aber eigentlich interessierte mich der Name nicht.

Der 2. September brach dann mit den Kindern an. Richtig Tagesanbruch war es zwar noch nicht, als Datuka zu uns ins Bett hopste und schon recht munter war. Stopp, es reicht, wieso schläfst du nicht?, rief Tina. Ich sagte, sie solle weiterschlafen, ich würde mich um die Kinder kümmern. Datukas Morgenritual besteht darin, bei den Frühstücksvorbereitungen zu helfen, besser gesagt, einem dabei in die Quere zu kommen. Was gleicht der Junge Tina! Von mir hat er gar nichts, überhaupt nichts, man könnte meinen, er sei allein Tinas Sohn. Zusammen braten wir Arme Ritter. Mittlerweile ist auch Gio aufgewacht.

Bei Oma durfte ich Kaffee trinken, schenk mir auch ein, ich darf das jetzt.

Lüg nicht, sie hat dir bestimmt keinen gegeben, du bist noch zu klein, und Kaffee ist nicht gut für dich, sage ich.

In der Küchentür erscheint verschlafen und mit zerzausten Haaren Tina. Sie betrachtet die Kinder mit einem irgendwie seltsamen Blick.

Geben wir ihm doch einen Schluck, sagt sie.

«Geben wir ihm doch einen Schluck», was soll das denn? Sie verschwindet ins Badezimmer. Immer geht sie perfekt zurechtgemacht zur Arbeit, kämmt und frisiert sich die Haare, zieht ihre Uniform an. Die haben dort so einen Dresscode.

Ich verbringe den Tag mit den Kindern. Gio hat sich sehr verändert, kommt mir fast vor, als wäre er erwachsener geworden, dabei war er bloß drei Wochen weg. Schaukeln und solcher Blödsinn interessiere ihn nicht, sagt er, er nehme sich jetzt ein Buch mit und lese, während Datuka spiele.

Wunderbar, mein Schatz, was gibt es Besseres als Lesen, ermuntere ich ihn. Der Spielplatz ist eine Schande und ein Witz zugleich: Es ist der Innenhof zwischen vier achtstöckigen Blöcken, der ständig zugeparkt ist. Vier oder fünf Bäume stehen drin herum, nach zwölf Uhr kann man die Kinder nicht mehr hinauslassen, so brennt die Sonne herab. Bis zum Mittag schaffen wir es, eine Runde zu spielen und uns zu amüsieren. Datuka ist noch so klein, dass ihm alles Spaß macht; stundenlang rutscht er die dämliche Plastikrutschbahn hinunter, auch die Schaukel mag er gern. Gio liest tatsächlich sein Buch. Allerdings braucht er für zwei Seiten eine ganze Stunde. Ich muss lachen, sage aber nichts. Es ist jetzt wieder sehr heiß geworden, und wir gehen ins Haus zurück. Eine andere Möglichkeit gibt es nicht. Zeit für Obst: Ich schäle Äpfel und stelle sie, in kleine Schnitze geschnitten, auf den Tisch. Gio zeigt mir seine Zahnlücke.

Was mach ich, wenn mir da ein Stück Apfel stecken bleibt?

Tut's dir weh, oder was ist?

Nein, es tut nicht weh, aber wenn's stecken bleibt und mir dann anfängt weh zu tun?

Es wird dir nichts weh tun, und wenn, dann hältst du es eben ein bisschen aus, ist doch keine große Sache, du bist doch ein Mann.

Vorhin hast du gesagt, ich sei zu klein und Kaffee sei nicht gut für mich.

Schluss, es reicht. Zeit für den Nachmittagsschlaf.

Datuka gehorcht sofort, Gio jedoch sträubt sich, er will mir unbedingt erzählen, was er gelesen hat.

Okay, sage ich, los, erzähl, und er erzählt von irgendwelchen magischen Wesen, die in einem Tal leben und ein bisschen wie Nilpferde aussehen, aber es sind keine Nilpferde, und zu denen kommt eine philosophische Bisamratte und verkündet ihnen, dass bald ein Komet mit der Erde zusammenprallen werde und sie alle zugrunde gehen und deshalb alles sinnlos sei.

Und dann?

Weiter bin ich noch nicht gekommen, erwidert Gio.

Also, dann leg dich hin und lies.

Kann so etwas wirklich passieren?, fragt er.

Schatz, solange ich am Leben bin und solange du am Leben bist und solange deine Kinder am Leben sein werden und deren Kinder und wieder deren Kinder, bis dahin wird so was nicht passieren, antworte ich.

Er schaut mich enttäuscht an und sagt: Ich leg mich hin und les weiter. Du weißt ja überhaupt nichts, und in diesem Buch steht bestimmt die Wahrheit, also was passieren wird.

Okay, sage ich, und er verschwindet in sein Zimmer.

Als ich eine halbe Stunde später zu ihm reinschaute, war er über dem aufgeschlagenen Buch eingeschlafen. Die Kinder heute lesen nicht dieselben Bücher wie wir damals, und ich weiß nicht, wie ich ihm auf solche Fragen antworten soll. Ich dachte: Ich stibitz ihm das Buch, les es, und dann weiß ich, ob dieser Komet wirklich auf die Erde prallt und wirklich alle zugrunde gehen oder überleben. Gio gleicht mir sehr, von Tina hat er gar nichts, überhaupt nichts, man könnte meinen, er sei allein mein Sohn.

Ich ging auf den Balkon. Der andere war auch zu Hause. Er stand auf seinem Balkon und rauchte. Seltsam, bis jetzt war mir noch gar nicht aufgefallen, dass er rauchte. Anscheinend hatte er kürzlich damit begonnen, oder es war mir bisher einfach entgangen. Nein, wie hätte ich das übersehen sollen, ich hatte ihn ja all die Nächte hindurch beobachtet und nicht ein Mal eine Zigarette zwischen seinen Fingern gesehen. Plötzlich überkam mich ein irgendwie unangenehmes Gefühl. Als ob er zu mir herschaute. Beobachtete mich die Schwuchtel da drüben, will der mir ins Gehege kommen, oder was soll das jetzt? Der will doch nicht, dass ich mal bei ihm klingle und ihm eine Abreibung verpasse? Wieso schaut der mich so an?

Beziehungsweise, wie komm ich überhaupt darauf, dass er mich anschaut? Ich wagte nicht, genau in seine Richtung zu blicken, denn irgendwie bildete ich mir ein, dass ich mich sofort verriet, wenn ich direkt den Blick auf ihn richtete, als ob es mir ins Gesicht geschrieben stünde, dass ich sein Leben seit einer ganzen Weile ausspioniere und alles über ihn weiß. Warum ist er überhaupt um diese Zeit zu Hause, warum ist er nicht bei der Arbeit? Er ist doch nicht etwa auch entlassen worden? Ich hätte Manana doch fragen sollen, wie er heißt. Ist doch seltsam, fast alles über einen Menschen zu wissen außer seinen Namen. Aber was zum Teufel brauch ich seinen Namen! Endlich machte er die Zigarette aus und zog sich in die Wohnung zurück; die Kippe hatte er nicht hinuntergeworfen, sondern in einem Aschenbecher ausgedrückt, den er die ganze Zeit in der Hand hielt. Was für ein feiner Pinkel! Ich nahm einen letzten Zug und schmiss dann meine Zigarette, ohne sie auszudrücken, hinunter in den Hof.

Tina kam früh von der Arbeit heim, den Kindern zuliebe wahrscheinlich. Mir ging sie aus dem Weg. Was war nur los? Ich muss sie mir mal vornehmen und ein ernsthaftes Wort mit ihr reden. Vielleicht hab ich was verbrochen und weiß es nicht. Sobald die Kinder schlafen, spreche ich mit ihr.

Tina wollte die Kinder baden. Gio meinte hitzig, er sei schon groß und könne sich selber waschen.

Ich sagte: Tina, er hat recht, er ist schon groß, lass ihn in Ruhe, er kann sich selber waschen.

Gut, dann kümmere du dich um ihn, gab sie zurück, wickelte ein Handtuch um Datuka und brachte ihn ins Kinderzimmer. Gio und ich blieben allein zurück.

Ich sagte: Mein Lieber, wenn du willst, bade ich dich.

Nein, beharrte er, ich will mich selber waschen.

Na gut, aber du schließt die Tür nicht ab, ja? Keine Angst, es kommt niemand rein.

Wie schnell die Bengel groß werden, viel zu schnell. Tina schaute aus dem Kinderzimmer, und ich sagte: Tina, ich hab was zu besprechen mit dir, später, wenn die Kinder schlafen.

Sie erwiderte nichts.

In Gios Zimmer ging das Licht aus, er hatte fertig gelesen. Tina und ich gingen in die Küche.

Tina, willst du mir nicht sagen, was los ist?

Was soll los sein, nichts.

Wie, nichts, du hast dich sehr verändert, sprichst kaum mehr mit mir.

Wenn du meinst, dass wir keinen Sex haben – es ist einfach zu heiß dafür.

Letztes Jahr war auch so eine Hitze und vorletztes Jahr genauso. Was ist los, sag's mir.

Du selber hast dich verändert und merkst es nicht.

In welcher Hinsicht hätte ich mich verändert? Was findest du anders an mir?

Na was, du gehst erst im Morgengrauen zu Bett und wanderst dann den ganzen Tag mit verschlafenen Augen in der Wohnung herum.

Wie willst du wissen, wie ich den ganzen Tag herumgeh, du bist ja immer im Büro, kommst spät und gehst gleich ins Bett. Außerdem, wozu hätte ich die letzten Wochen morgens früh aufstehen sollen, solange die Kinder nicht da waren? Von nun an läuft alles wie gewohnt ab.

Okay. Wir werden sehen.

Was heißt, wir werden sehen, Tina, was werden wir sehen?

Sie gab keine Antwort, stand auf und ging aus der Küche. Ich ärgerte mich, sagte aber nichts, wollte nicht streiten. Ich werde selten laut, diese aufbrausenden Machotypen kann ich nicht ausstehen, und ich bin auch keiner von denen. Na egal, dann schlaf ich heute Nacht eben im Wohnzimmer. Außerdem ist Merab an der Reihe.

Den Fotoapparat griffbereit, wartete ich auf dem Sofa. Der Junge machte sich parat, putzte sich heraus, dieser Ficker. Der andere kam wieder im Schlips. Ist dem eigentlich nie heiß, so eingeschnürt? Er kam ins Zimmer, löste den Schlips. Das Hemd knöpfte wiederum der Junge auf. Ein richtiges Ritual haben die Typen. Mir schoss auf einmal durch den Kopf, dass auch andere Bewohner unseres Blocks in die Wohnung sehen konnten. Von Lilis Wohnung aus waren die Fenster jedenfalls gut einsehbar. Und was, wenn die Kinder von irgendwem hier, wenn sie mal in der Nacht wach werden, die beiden so sehen? Was soll der Unfug? Mann, die verbergen nichts, wenn man gut hinschaut, ist alles klar erkennbar. Wenn jetzt Datuka und Gio hier säßen, würden sie doch alles mitbekommen? Auch wenn es schon halb zwei ist, es wäre doch möglich, dass sie mal nicht schlafen können? Sind diese Typen denn völlig hirnlos? Was denken die sich eigentlich? Mich packte die Wut. Solange die Kinder noch bei der Großmutter waren, war mir das alles gar nicht in den Sinn gekommen. Ich dachte: Jetzt stürm ich zu denen hoch und mach sie fertig, die Arschlöcher. Zieht wenigstens die Vorhänge zu oder macht das Licht aus oder sonst was, habt ihr gar keinen Anstand, muss jeder euch zusehen können? Hier wohnen noch andere Leute, es gibt Nachbarn, Kinder. Aber ich rührte mich nicht von der Stelle. Ich zückte die Kamera und schoss gut zehn Bilder.

In den Folgetagen kühlte es etwas ab, zwar nur ein bisschen, aber nach der Rekordhitze war das schon eine Erleichterung, wir konnten aufatmen. Manche schalteten die Klimaanlagen aus und öffneten die Fenster. Es wehte ein kleines Windchen, zumindest bewegte sich die Luft ein wenig. Tina kam wieder spät von der Arbeit.

Sind deine Arbeitskollegen nicht endlich aus den Ferien zurück?, fragte ich. Oder meinen die, du bist ihre Sklavin? Die sind doch übergeschnappt in deinem Büro.

Tina entgegnete: Willst du, dass ich nicht arbeite und zu Hause sitz? Willst du, dass ich die Vorgesetzten gegen mich aufbringe und man mich rauswirft, willst du das? Dass ich nicht arbeite und zu Hause sitz?

Sie wiederholte es, als ob ich's nicht beim ersten Mal gehört hätte.

Nein, sagte ich.

Dann lass mich in Ruhe.

Am 3. September brachte der drüben einen Neuen mit nach Hause, einen Hochgewachsenen mit langen roten Haaren. Tinas Haare haben genau dieselbe Farbe. Am 4. September kam Merab wieder, zur üblichen Zeit. Alles lief ab wie die vorigen Tage. Ich wartete gar nicht ab, bis Merab wieder ging, speicherte gleich die Aufnahmen im Computer, versah den Ordner mit dem Datum und legte mich auf der Couch schlafen.

Am 5. September in aller Früh weckte mich Datuka. Warum ich auf dem Sofa schliefe? Deine Mutter und ich haben uns gezankt, deshalb, mein Schatz, sagte ich, ohne nachzudenken. Was bin ich nur für ein Trottel, ihm so was zu sagen, das Kind fing auf der Stelle an zu weinen, dann stürzte er zu Tina rein und weckte sie.

Warum hast du dich mit Papa gezankt?

Nein, rief ich, wir haben uns nicht gezankt, ich hab doch nur Spaß gemacht.

Er konnte sich kaum beruhigen und schmiegte sich an seine Mutter. Tina sah mich ganz seltsam an, beinahe mit Abscheu. Gio und ich tranken zusammen in der Küche Tee, ohne die beiden. Bevor Tina sich zum Gehen fertig machte, winkte sie mich zu sich und flüsterte mir ins Ohr: Mach mir nicht die Kinder verrückt, erzähl ihnen keinen Blödsinn.

Ach, ich weiß also nicht, was ich unseren Kindern sagen darf, aber du weißt es genau?

Das ist der falsche Augenblick, um darüber zu reden, sagte sie und ging zur Arbeit.

Ich bin dann mit den Kindern in den Zoo gegangen. Die Tierhäuser mögen sie nicht, lieber gehen sie draußen die Balustrade entlang, von wo aus ins Bärengehege zu sehen ist, stundenlang können sie da stehen und schauen. Ich mag die Bären auch, aber nicht so sehr wie die Kinder.

Kommt, gehen wir rein und schauen uns die anderen Tiere an, den Strauß und so.

Der Strauß ist aber ein Vogel, sagt Gio.

Na, wie ihr wollt.

Und wir bleiben an der Balustrade stehen und schauen von oben zu, wie die Bären spielen. Bei der Hitze liegen sie ständig im Wasser oder vielmehr in einem schlammigen Tümpel. Sie tun mir sterbensleid. Ich höre, wie Datuka Gio fragt, ob die Bären Mädchen oder Jungen seien. Gio erwidert sachkundig, da, der etwas größere sei ein Junge und der kleinere dort ein Mädchen.

Wie willst du das wissen?, fragt Datuka interessiert.

Ich weiß es nicht, ich glaub's bloß, antwortet Gio.

Dann fragen sie mich.

Woher soll ich das wissen? Ist doch unwichtig, ob es Mädchen oder Jungen sind, es sind alles Bären.

Natürlich ist das wichtig. Für uns ist es schließlich auch wichtig, ob wir Jungen oder Mädchen sind.

Für euch ja, erwidere ich.

Wir kehren nach Hause zurück.

Und, ist dein Komet auf die Erde geprallt?, frage ich Gio.

Nein, noch nicht, aber er nähert sich immer weiter

und ist so glühend heiß, dass er Flüsse und Meere austrocknen lässt.

Das muss ja ein sehr interessantes Buch sein, toll.

Misstrauisch schaut er mich an. Sie haben sich wirklich verändert, die Kinder, sie sind irgendwie anders, vor allem Gio. Würde mich mal interessieren, was ihre Großmutter in den drei Wochen mit ihnen angestellt hat.

Gut, dass das Fußballtraining bald wieder anfängt, nicht wahr?, sage ich.

Ich würd lieber wieder zur Schule gehen, erwidert Gio.

Keine Chance, mit ihm zu reden, er lässt mich nicht an sich ran. Nachmittags bringe ich beide zu Bett. Gio sträubt sich wieder, er sei ein Großer und brauche keinen Mittagsschlaf, in der Schule würde er um diese Zeit ja auch nicht schlafen.

Dann leg dich mit dem Buch hin. Vielleicht schläfst du ein, und wenn nicht, ist es auch gut. Lies und verrat mir danach, ob der Komet am Ende mit der Erde zusammenprallt oder nicht.

Er lässt sich überreden und legt sich wortlos hin.

In der Mietwohnung der Tschelidses ist es still. Die Balkontür steht offen, wahrscheinlich zum Lüften.

Am 6. September regnete es endlich. Ich mag diesen Geruch nach kochendem Asphalt gar nicht, der andere zum Ausflippen bringt, weil sie ihn so romantisch finden. Ich finde, es ist echt abscheulich, ein Gestank. Ika rief an, erzählte, er hätte mit seinem Vater gesprochen, der könne ihm wahrscheinlich was organisieren.

Das heißt?, fragte ich.

Er will mich irgendwo in seine Firma mit reinquetschen, eine saublöde Stelle, und viel Geld ist auch nicht drin.

Aber dein Vater ist doch nicht dein Feind, also was jammerst du rum, du musst das jetzt durchziehen, er wird dich ja nicht ausnutzen, er organisiert dir bestimmt was Anständiges.

Du kennst meinen Vater nicht, das ist ein fieser, gemeiner Mann.

Sprich nicht so über deinen Vater, sagte ich.

Alter, was hast du, willst du mich belehren?, entgegnete Ika.

Ich drückte ihn weg. Er rief noch mal an, aber ich nahm nicht ab. Soll er sich doch verpissen. Mit Tina hatte ich nicht mehr versucht zu reden, ich wollte sie nicht noch mehr irritieren, offenbar war sie mit sich selbst nicht im Reinen; wenn sie die Dinge für sich geklärt hätte, würde sie sich beruhigen und wieder mit mir sprechen. Ich kenne sie gut. Wir sind schließlich nicht das erste Jahr zusammen. Nach Gios Geburt hatte sie auch schon so ein Stimmungstief, und es ist bald vorbeigegangen. Wahrscheinlich ist es jetzt so was Ähnliches. Es bringt nichts, sie unter Druck zu setzen und verrückt zu machen. Überhaupt kann ich Männer nicht ausstehen, die ihre Frauen fertigmachen, ohne dass diese sich wehren können. Weder gehöre ich zu denen, noch ist ein solches Verhalten bei Tina nötig.

Nachts bin ich auf dem Posten. Etwas Seltsames passiert. Merab ist heute völlig anders angezogen als sonst, in Jeans, ohne Schlips. Anscheinend ist er nicht auf dem Amt gewesen. Sie fangen nicht sofort mit Sex an, sondern sitzen lange da und reden, der Alte mit dem Kopf im Schoß des Jungen, der ihn streichelt. Die benehmen sich ja wie Verliebte! Mein Blick geht zur Kinderzimmertür: Sie schlafen doch hoffentlich tief und fest? Nicht dass einer plötzlich pinkeln muss und herauskommt, während ich mit der Kamera in der Hand die Nachbarn belauere. Die beiden drüben reden immer noch, eine ganze Weile dauert das bereits. Was könnte ich alles zu hören bekommen, wenn ich ein Abhörgerät in ihrer Wohnung hätte, denke ich bedauernd. So viel hab ich schon mit angesehen, dass ich jetzt auch hören will, was sie miteinander sprechen, welche Worte sie benutzen. An den Gesten kann ich nicht erkennen, worum es geht. Weiter geschieht nichts mehr, als dass sie dasitzen, der eine den Kopf im Schoß des anderen, mehr nicht. Soll ich schlafen gehen?

Oha, jetzt hat sich die Situation, glaube ich, verändert. Angespannt. Merab ist aufgesprungen und hat angefangen zu schreien, vielmehr zu weinen. Von hier aus ist es nicht gut zu sehen, aber ich glaube, er weint. Er hat die Stimme erhoben und streitet mit dem anderen, ganz klar. Der versucht, ihn zu beruhigen, zu besänftigen. Merab lässt sich nicht beruhigen. Auch dem anderen gehen die Nerven durch, und er beginnt zu schreien. Ich wüsste zu gerne, worüber die sich streiten.

Plötzlich erstarren beide. Der Junge bedeutet Merab,

sich zu verstecken, und dieser verschwindet in die Küche. Er selbst geht zur Wohnungstür. Manana Tschelidse tritt ins Zimmer; eine Weile reden sie, dann geht Manana wieder. Bestimmt hat sie sich an dem Lärm gestört, der Geduldsfaden ist ihr gerissen, und sie ist rüber, um sich zu beschweren. Ich sehe auf die Uhr: zwanzig nach zwei. Das heißt, er ist schon fast eine ganze Stunde da. Vorsichtig tritt er aus der Küche. Sie zanken sich jetzt nicht mehr, reden ganz ruhig. Schließlich küsst Merab den Jungen und geht. Auf der Hut immer, stiehlt er sich aus dem Gebäude, nicht leicht erkennbar. Wie gut, dass ich nicht schlafen gegangen bin. Das war ja hochspannend.

Am 7. September regnete es nicht mehr, und die Kinder wollten in den Hof hinunter. Aber dass ihr mir nicht zu weit weggeht, ermahne ich sie, wenn ich euch vom Balkon aus rufe, kommt ihr sofort hoch. Tina war an dem Morgen etwas milder gestimmt, irgendwie heiterer. Sie hatte den Kindern versprochen, früher nach Hause zu kommen und mit ihnen zu backen. Backen und in der Küche werkeln macht ihnen Spaß, da haben sie was zu tun. Sie freuten sich so sehr, dass sie ganz außer Rand und Band waren. Tina hatte mir, bevor sie ging, Geld zugesteckt, damit ich die Zutaten für den Kuchen besorgen konnte, wenn ich Zeit hätte.

Ich sagte: Ich weiß aber gar nicht, was man alles dazu braucht.

Gio weiß Bescheid, erwiderte sie.

Es ist noch früh. Ich sehe sie vom Balkon aus friedlich zusammen spielen, Gio, Datuka und ein Nachbarmädchen. Plötzlich springt das Mädchen auf den geparkten Alfa Romeo.

Salome, Salome, rufe ich, komm sofort von dem Wagen runter, was machst du da!, und renne hinab. Wenn sie nun das Auto zerdellen oder zerkratzen ...

Als ich in den Hof komme, ist er schon da.

Sind das Ihre Kinder?, fragt er.

Die Jungen ja, das Mädchen nicht, erwidere ich und drehe mich zu den Kindern. Ich schreie sie nicht an, aber ich sage ganz streng, dass es so nicht geht, dass das kein Spielen ist und sie keine Autos kaputt machen dürfen. Gio und Datuka rechtfertigen sich, sie hätten ja gar nichts gemacht. Salome beginnt zu weinen.

Wie heißt du, Kleine?, fragt er und nimmt sie in den Arm. Salome flennt noch schlimmer, er drückt sie weiter an sich und will sie beruhigen: Du musst doch gar nicht weinen, es ist ja nichts passiert.

Dann lehnt sich Salomes Mutter von ihrem Balkon und will wissen, was denn los ist. Kurz, ein Riesendrama. Die Mutter kommt schließlich auch in den Hof und holt ihre wimmernde Tochter, nicht ohne uns zu beschimpfen: Was soll das, so viel Aufhebens wegen nichts und wieder nichts, das Kind hat doch nur gespielt und überhaupt nichts angestellt.

Gio und Datuka schauen mich ratlos an.

Geht rauf in die Wohnung, ich komm gleich nach, sage ich.

Sie rennen davon, ohne einen Blick zurück. Ich weiß selbst nicht, warum, aber ich strecke die Hand aus und sage: Surab. Ich wohne im Block da vorn.

Ich weiß, sagt er und lächelt. Schotiko, stellt er sich vor und reicht mir die Hand.

Freut mich, sage ich und wende mich im selben Moment ab, um den Kindern zu folgen. Nicht, dass ich Angst bekommen hätte, nein! Wovor hätte ich Angst haben sollen, es war mir einfach unangenehm, dieses Händeschütteln, Bekanntmachen und Höflichtun, wo ich doch weiß, was der nachts treibt. Scheißschwuchtel!

Am Abend erfüllt ein angenehmer Duft die Wohnung, Tina und die Kinder backen einen Kuchen mit aufgekochter Kondensmilch. Ich halte mich da raus, sitze in einer Ecke und schaue ihnen zu. Tina blickt hin und wieder zu mir her und lächelt mir zu. Liebevoll. Später, als die Kinder schon schlafen, sitzen wir in der Küche beisammen. Ich gerate total in die Stimmung, ihr mein Herz zu öffnen, richtig mit ihr zu reden.

Wir müssen etwas ändern in unserem Leben, so können wir nicht weitermachen. Ich seh ja, wie es dir auch Mühe macht, und mir macht's auch keinen Spaß mehr, sage ich. Sie schaut mich entgeistert an.

Ich liebe dich, rede ich weiter, das weißt du, und ich tu alles für dich, kurz, ich hab das Zuhausesitzen satt, ich muss was unternehmen, morgen mach ich mich auf Stellensuche, vielleicht ergibt sich ja was.

Tina schweigt. Lange Zeit. Dann sagt sie: Gut, mach dich auf Stellensuche. Und geht aus der Küche. Steht einfach auf und geht aus der Küche. Ich dachte, sie würde mir etwas entgegnen, so wie früher, was in der Art, dass sie mich liebt und dass sie an meiner Seite ist und dass ihr meine Unterstützung viel bedeutet. Nichts, außer «Gut, mach dich auf Stellensuche», und weg war sie.

Ich versuche zu schlafen, aber ich bin nicht müde. Um halb zwei kommt Schotiko aus dem Haus und geht zu Fuß weg. Das Auto lässt er im Hof stehen. In der Küche im Kühlschrank sind noch drei Eier vom Kuchenbacken übrig. Ich nehme alle drei, gehe auf den Balkon und schmeiße sie auf das rote Auto. Es ist ziemlich weit weg, die Eier treffen nicht und gehen am Boden zu Bruch. Fick dich ins Knie, Schotiko, du Arsch!

Am 8. September kam Neliko uns besuchen; ihre Klinik hatte sie zu einem Fortbildungskurs nach Tiflis geschickt, und sie wollte die drei Tage bei uns übernachten. Tina und ich schliefen im Schlafzimmer, wie früher, Neliko auf dem Sofa. Es fiel mir sehr schwer, so früh schlafen zu gehen, aber was sollte ich machen.

Was sind das nur für lärmige Leute, die dort im vorderen Block wohnen, sagt Neliko am Morgen des 9. Septembers zu mir.

Warum?, frage ich. Was haben sie gemacht?

Herrje, ich hab bis zum Morgen kaum ein Auge zugetan, dauernd war Musik und Radau zu hören.

Weck mich, wenn sie diese Nacht wieder Lärm veranstalten, dann geh ich rüber und beschwer mich.

Nein, das ist doch auch wieder nicht nötig, erwidert

Neliko und lächelt. Sie mag keinen Streit und keine Diskussionen, sie gehört zu den Frauen, die lieber dulden und stillschweigen, solange man den Bogen nicht überspannt. Ich jedoch denk jetzt darüber nach, was wohl bei Schotiko passiert ist in der Nacht, wer zu Besuch war, was sie gemacht haben. Und was für Bilder ich verpasst habe!

Am 11. September zeigen sie im Fernsehen immer Dokumentarfilme zum 11. September. Neliko ist wieder nach Hause gefahren, hat den Posten frei gemacht. Aber ich hab mich umsonst gefreut: In dieser Nacht passiert nichts Interessantes. Obwohl, etwas passiert doch: Schotiko löscht das Licht. Zum ersten Mal, seit er hergezogen ist, brennt nachts kein Licht bei ihm. Falls er mir auf die Schliche gekommen ist, hab ich ein Problem: Ich werde nichts mehr zu sehen bekommen.

Der 12. September ist ein gewöhnlicher Tag, es ist zwar wieder heiß, aber es scheint, als sei der Sommer vorbei. Wir können aufatmen. Im Oktober soll die Schule endlich anfangen, heißt es. Im Oktober sind auch die Wahlen. Da kommt eine Riesensache auf uns zu. Die Opposition hat sich zu einem Block zusammengeschlossen und verkündet, auf demokratische Weise einen Regierungswechsel herbeiführen zu wollen. Soll sie wechseln, die Regierung, was hab ich schon zu verlieren? Die Kinder sehnen sich nach Schule und Kindergarten. Auch der Kindergarten fängt erst im Oktober an.

Kinder, sage ich, haben wir zusammen nicht Spaß gehabt, die letzten Wochen?

Natürlich, doch, erwidert Gio, aber ich will in die Schule, das macht mir noch mehr Spaß.

Das Buch hat er fertig gelesen, der Komet ist nicht mit der Erde zusammengeprallt, aber er ist ganz nah vorbeigeflogen und hat mit dem Schweif gewinkt. Deshalb wohl herrschte so eine Hitze auf der Erde, dass die Flüsse und Meere austrockneten. Viel wichtiger aber ist, dass die Lebewesen verschont blieben.

Wenn mich der Lehrer in der Schule fragt, was wir im Sommer gelesen haben, will ich über dieses Buch erzählen, deshalb möchte ich, dass die Schule bald wieder anfängt, sagt Gio.

So ein patenter Junge. An dem Tag wollen sie nicht in den Hof runtergehen zum Spielen, sondern auf dem Balkon bleiben.

Gio, sage ich, pass auf Datuka auf, nicht dass er noch runterfällt.

Datuka lacht. Papa, ich bin doch kein kleines Kind, ich fall nicht runter.

Sie spielen auf dem Balkon, haben eine Ecke abgeteilt und dort ihr Quartier aufgeschlagen. Ich sitze da und tu nichts, ich könnte ein Nickerchen machen, aber ich bin nicht müde. Es passt mir nicht, dass sie hier spielen, ich hab das Gefühl, sie machen ihn mir streitig, dieser Balkon gehört mir, und mein strategisches Ziel befindet sich dort drüben. Ich plane, ein wenig abzuwarten, bis sie eine Pause machen, und sie dann ins Zimmer zu schicken, sie sollen drinnen spielen. Aber sie wollen und wollen gar nicht aufhören da draußen. Irgendwann gehe ich raus und sage: Kinder, geht bitte rein, spielt drinnen, ich muss hier mal eine Zigarette rauchen und will euch nicht vollqualmen. Während ich das sage, tritt Schotiko auf seinen Balkon. Ich spüre, er hat uns gesehen und beobachtet uns. Was will er, was hat er uns so anzuglotzen? Ich versuche, nicht rüberzuschauen, aber wie lange kann man schon den Blick abwenden? Er winkt uns zu, die Kinder lachen. Ich schubse beide unsanft ins Zimmer. Ihr Quartier oder Zelt oder Hütte, das demontiere ich. Dann stelle ich mich allein auf den Balkon und schaue zu ihm hinüber. Wenn er zu mir hersieht, warum sollte ich nicht zu ihm rüberschauen, ich hab doch keine Angst vor dem. Vielleicht merkt er was, dieser Ficker. Aber was hätte er schon merken sollen? Wie denn? Völlig ausgeschlossen. Ich beobachte ihn nachts aus dem Dunkel heraus, und so viel Physik weiß ich noch aus der Schule, dass ich im Dunkeln nicht zu sehen sein kann. Da gibt es nichts zu befürchten, er kann mich nicht entdeckt haben. Kurz, wir stehen da und glotzen uns gegenseitig an. Mann, soll das ein Duell sein oder was zum Teufel, ein Spiel, bei dem der verloren hat, der zuerst mit den Augen zwinkert? Was geht der mich an? Wer ist er überhaupt? Der ist mir ja wohl nicht über. Er hat ein rotes Auto und Typen und den beschlipsten Merab und noch ein paar andere Lover. Was steht er da und starrt mich an, warum geht er nicht in die Wohnung zurück? Hau ab, du Arschloch! Vielleicht ahnt er was, weil ich die Kinder reingescheucht hab. Ne, Mann, deine Schwulenvisage lass ich sie nicht sehen. Endlich gibt er auf, geht mit ernster Miene in die Wohnung zurück und schließt die Balkontür.

Bis zum späten Nachmittag vertreibe ich mir die Zeit mit den Kindern. Wir spielen Dschungelbuch, ich bin Schir Khan, der Tiger, und sie sind Mowglis. Mal packe ich den einen und schleppe ihn in meine Höhle, mal den anderen. Wir haben unsere eigenen Dschungelgesetze. Die Mowglis rennen schreiend herum, um sich gegenseitig zu retten. Ein Riesenradau, den wir da veranstalten. Aus der unteren Wohnung meldet sich Lili, sie klopft an die Decke. Zum Teufel mit der Alten, schließlich spiele ich nur tagsüber oder morgens mit meinen Kindern und nicht nachts, was hat die also zu meckern. Kinder machen eben Lärm, was sollen sie sonst tun?

Lili ruft von ihrem Balkon zu uns hoch: Surab, Surab, Surab, Tiniko, die Decke stürzt gleich über mir ein, was seid ihr nur für Menschen? Habt ihr kein Herz, ich bin eine alte Frau, leide unter Bluthochdruck und möchte meine Ruhe haben, ist das zu viel verlangt? Was ist los mit euch, was für eine Misere ... Sie hört und hört nicht auf. Die Kinder lachen, es ist ihnen egal, sie können sich gar nicht beruhigen. Wir werden noch lauter, soll sie sich ärgern, was geht's mich an. Schließlich steigt Lili das Stockwerk zu uns hoch und klingelt an der Tür, lange, ununterbrochen. Sie nimmt den Finger nicht vom Klingelknopf, bis ich öffne.

Was gibt's, liebe Lili?

Was es gibt? Nicht auszuhalten ist das, ich halt diesen

Krach nicht mehr aus, könnt ihr nicht woanders spielen oder wenigstens etwas leiser sein?

Und da, ich weiß nicht, was plötzlich in mich fährt, brülle ich los. Lauthals, mit ganzer Kraft, ich hab gar nicht gewusst, dass ich so laut schreien kann. Du alte Schlampe, schreie ich, was wagst du hier raufzukommen, hau ab und lass mich und meine Söhne in Ruhe, wir spielen, es ist mitten am Tag, nicht Nacht, was willst du uns verbieten und dich beschweren, los, hau ab ... Ich schreie weiter, kann einfach nicht aufhören.

Gio packt mich an den Hosenbeinen und sagt mit flehender Stimme: Papa, Papa, he, Papa, bitte, Papa.

Was bitte Papa, fahre ich ihn an, geht sofort in euer Zimmer!, und ich brülle weiter drauflos.

Lili steht da, sagt nichts und bricht plötzlich in Tränen aus. Ist ja gut, mein Junge, beruhige dich doch, ich will euch gar nicht länger stören.

Genau, brülle ich und schlage ihr die Tür vor der Nase zu. Hinter der Tür bleibe ich stehen und kann mich nicht bewegen. Mein Herz pocht wie verrückt. Mich überkommt ein seltsames Gefühl, ein Adrenalinstoß oder wie das heißt. Schließlich gehe ich auf den Balkon hinaus und rauche drei Zigaretten nacheinander. Der von drüben zeigt sich nicht. Ich rühre mich nicht von der Stelle, ich warte, bis er rauskommt. Ich glaube, wenn er sich jetzt sehen lässt, schreie ich auch ihn an und beschimpfe ihn. Er kommt aber nicht raus. Ich schaue auf den Parkplatz. Der rote Alfa Romeo steht nicht unten.

Den ganzen restlichen Tag sind die Kinder in ihrem

Zimmer geblieben; von Zeit zu Zeit sah ich nach ihnen und sagte: Kinder, kommt, wir gehen in den Zoo, Bären gucken. Aber Gio sagte, sie wollten lieber zu Hause bleiben, und schloss die Tür zum Kinderzimmer.

Schotiko kam spät nach Hause, als Tina und die Kinder schon schliefen. Mir schien, dass er sich irgendwie provokativ benahm, alles mit einem gewissen Nachdruck tat, als ob er es mir zeigen wollte. Aber das bildete ich mir natürlich ein, er konnte mich nicht gesehen haben, ich hatte nie ein Licht eingeschaltet. Um halb zwei kam Merab.

Am 13. September schaute meine Mutter vorbei, worüber die Kinder sich sehr freuten. Sie hatten sie lange nicht gesehen. Wenn du willst, geh ich heute mit ihnen raus und bring sie am Abend zurück, bot sie mir an. Gio und Datuka waren sofort einverstanden, rannten in ihr Zimmer und zogen sich an. Danke, Mama, sagte ich, ich geh dann auch raus. Du weißt ja, solange die Schule und der Kindergarten noch nicht angefangen haben, hab ich sie den ganzen Tag um mich herum, und das macht ganz schön müde. Meine Mutter drückte mich an sich, küsste mich und sagte: Mein Junge.

Wir vereinbarten, dass sie die Kinder gegen sieben Uhr abends zurückbringen würde. Ich rief Ika an und fragte, ob ich bei ihm in der Firma vorbeikommen solle.

Hier gibt's aber nicht viel zu sehen, sagte er, also ich weiß nicht, aber komm vorbei, wenn du willst.

Er arbeitet in einem Papierlager, Büromateriallager oder so was, und hat irgendeine Aufsichtsfunktion.

Eh, was hab ich dir gesagt, mein Vater drückt mir so einen Schwachsinn aufs Auge, platziert mich hier, und da sitz ich nun den ganzen Tag, nehm Bestellungen auf, kalkuliere, schreib Rechnungen für irgendwelche Leute und vegetiere vor mich hin.

Jetzt jammere nicht, Alter, sage ich, sei dankbar, dass du überhaupt einen Job hast.

Natürlich bin ich dankbar, wie auch nicht, aber der ganze Laden gehört meinem Vater, und ausgerechnet hier musste er mich platzieren.

Lass uns zusammen was trinken gehen, wenn du Feierabend hast, schlage ich vor.

Ika sieht mich verwundert an. Geht's dir gut?

Okay, wenn du nicht willst, will ich auch nicht.

Um sieben hab ich Feierabend. Ich kenn in der Nähe eine nette Kneipe, da heben wir einen.

Um sieben geht nicht, da kommt meine Mutter und bringt die Kinder heim, da muss ich zu Hause sein.

Ist Tina denn nicht da?

Die kommt nicht vor acht, neun Uhr, manchmal noch später. Ich muss um sieben unbedingt zu Hause sein.

Tja, wenn unser Baby da ist, wird mein Leben sich auch ändern.

Ja, das wird es, erwidere ich.

In dieser Nacht machte ich keine einzige Aufnahme, ich saß nur da und beobachtete. Schotiko tat auch nichts Besonderes, hatte den Laptop im Schoß und betrachtete lange etwas auf dem Bildschirm. Danach bin ich eingeschlafen.

Der 14. September ist der Geburtstag von Amy Winehouse. Tina schaute sich einen Dokumentarfilm über sie an. Sie schwärmt für die Sängerin. Mochte sie schon immer sehr gern, jetzt nach ihrem Tod noch viel mehr, glaube ich. Die Kinder schlafen bereits. Tina zuliebe schaue ich den Film mit. Er interessiert mich nicht besonders, und ich beobachte Tina, aber so, dass sie es nicht merkt. Irgendwann kommen ihr die Tränen. Ich sage nichts, ich weiß nicht, was ich ihr sagen könnte. Warum ihr Amy so nahegeht, kapiere ich jedenfalls nicht. Klar, sie hat sie sehr gemocht, aber trotzdem. Als ob sie eine Familienangehörige verloren hätte, so nahe geht es ihr. Als der Film zu Ende ist, bleibt Tina reglos sitzen.

Tina, was hast du? Das kann doch nicht sein, sage ich.

Du verstehst das nicht, antwortet sie.

Was versteh ich nicht?

Na, wie sie war. Es zerreißt mir jedes Mal das Herz, wenn ich ihre Stimme höre.

Verständlich, mir gefällt ihre Stimme auch, sie war eine außergewöhnliche Sängerin, aber deshalb brauchst du dich doch nicht so hineinzusteigern.

Tina sieht mich an, will etwas sagen und sucht nach Worten. Sie sieht mich lange an, und ich erwidere ihren Blick. Dann steht sie auf, sagt: Morgen muss ich früh raus. Und geht ins Schlafzimmer.

Es ist spät. Aber noch Zeit, bis Merab auftaucht. Ich schaue mir auf dem Laptop die Fotos an, hab dazu Amys Playlist laufen; Tina hat alle ihre Songs in einem Ordner abgespeichert. Ich schaue die Fotos durch, und gleichzeitig läuft dieser Soundtrack. Mann, und plötzlich überkommt es mich, überkommt es auch mich mit aller Macht, ein Gefühl von Unglück und Elend, als ob die Bilder einen unglücklichen Menschen zeigten und die Musik dieses Unglück noch verstärkte; aber am allerunglücklichsten bin ich selbst, der Betrachter, in mir vereint sich dieses ganze Elend, und die Musik wie auch die Fotos existieren nur, um mich unglücklich zu machen. Es ist wie Kino: Die Aufnahmen gehen ineinander über, dieser Junge und Merab, immer nur dieser Junge und Merab, mal so, mal so, der eine jung, gesund, durchtrainiert und muskulös, aber light, nicht zu sehr – der andere in seinem fortgeschrittenen Alter, mit erschlafftem Körper, kleinem Wanst und grauen Haaren, und trotzdem gleichen sie einander, nein, gleichen tun sie sich nicht, sie haben etwas gemeinsam, etwas, das zwischen ihnen geschieht. Diese Musik ist schuld, dass ich Mitleid hab mit Leuten, die mir nicht leidtun sollten. Auch diese Amy ist so eine Spezielle gewesen, zwei Jahre jünger als ich und hat sich umgebracht, na ja, ist einfach ausgebrannt. Das alles kommt zusammen, vermengt sich und überwältigt mich, Mann, überwältigt mich brutal. Fuck! Was passiert hier mit mir! Ich klappe den Laptop zu und wische mir die Tränen aus dem Gesicht. Ich glaub, ich werd langsam alt, ich weiß, ich red Blödsinn, aber ich werd ganz klar alt.

Um halb zwei kommt Merab. Alles wie gehabt. Mir geht der Gedanke durch den Kopf, ob sie es nicht irgendwann satthaben, sich so oft, jede zweite Nacht, zu sehen, ich frage mich, welches Verlangen diese Typen treibt, wie können sie so verrückt nacheinander sein? Und dann wird mir bewusst, sie haben keine Möglichkeit, einander zu anderen Zeiten zu sehen, sie können sich nur hier treffen, und auch das nur für eine Stunde oder anderthalb, mehr nicht. Deshalb vielleicht erlischt ihr Verlangen nicht, deshalb können sie nicht genug voneinander bekommen. Ich hab wieder diese Musik im Ohr, Amys Stimme, die irgendwie verrucht und gleichzeitig tragisch ist.

Ich schieße ein paar Bilder, dann gebe ich auf, es passiert nichts Interessantes mehr. Ich speichere die Fotos im Ordner und lege mich hin. I go back to black.

Am 15. September erwachte ich mit dem Gefühl, dass an diesem Tag etwas Bedeutsames geschehen müsste, dass sich etwas ändern, total ändern würde, aber nichts geschah. Es war ein gewöhnlicher Tag. Dann rief Ika an, wollte etwas trinken gehen, nachdem wir es letzthin nicht geschafft hatten. Er hätte frei und müsse mir unbedingt ein paar Dinge erzählen, Nino hätte total auf stur geschaltet ...

Ika, sagte ich, ich hab jetzt wirklich anderes im Kopf, außerdem hab ich was Wichtiges zu erledigen und muss unbedingt zu Hause bleiben.

Was hast du denn so Wichtiges zu erledigen?

Hab ich eben.

Er muss meiner Stimme angemerkt haben, dass ich ihn abwimmelte, sagte aber nichts weiter.

In dieser Nacht blieb Schotiko allein. Er hatte niemanden mit nach Hause genommen.

Ich legte mich neben Tina, die schon schlief, schmiegte mich an ihren Rücken und sagte: Hab keine Angst, Tina, irgendwas wird sich ergeben, du wirst sehen, irgendwas wird sich ändern. So redete und redete ich, und plötzlich wird mir bewusst, dass sie ja schläft, aber ich rede trotzdem weiter, und mir wird klar, dass ich eher zu mir selbst spreche, mir quasi selbst gut zurede. Nur hab ich keine Ahnung, was ich mir davon erwarte.

In der nächsten Nacht überlege ich, ob ich die Fotos nicht alle löschen und überhaupt die beiden in Ruhe lassen sollte. Was gehen sie mich an? Ich markiere sämtliche Ordner und hopp, drücke auf DELETE. Ich verspüre eine ungeheure Erleichterung. Alle Fotos sind im Papierkorb, nur ein Tastendruck, und der Ertrag eines ganzen Monats findet sich im Papierkorb. Jetzt muss er nur noch geleert werden. Die Tastenkombination, mit der Dokumente sofort gelöscht werden, ohne erst im Papierkorb zu landen, weiß ich nicht mehr. Inzwischen ist es halb zwei, und Merab kommt. Ich bin zwar entschlossen, aber meine Hände gehorchen mir nicht, und so nehme ich die Kamera und beginne wieder zu fotografieren. Ich verhalte mich wie damals, in den ersten Tagen, als ich massenhaft Bilder gemacht hab. Ich klicke drauflos, ununterbrochen, eine ganze Stunde wohl, bis ich mir sage: Der Apparat wird noch kaputtgehen von der ganzen Klickerei, er könnte doch den Geist aufgeben, oder? Aber er bleibt heil und funktioniert, er schießt Bild um Bild. Merab kommt die Treppen herunter. Ein Sensorlicht nach dem anderen geht an. Erst jetzt überlege ich, wie riskant für ihn, dass er die Treppe nimmt; aber es gibt keinen Lift in diesem Gebäude, es ist ein alter Bau, in dem es nie einen Aufzug gegeben hat. Schotiko tritt auf den Balkon, raucht. Ich sitze im Dunkeln, der Vorhang verdeckt mich zuverlässig. Ich lade die Fotos auf den Laptop und schalte auf Diashow. Es ist fast ein Kinofilm, die Bilder wechseln sich langsam ab, gehen langsam ineinander über. Ich kann mir jede einzelne Bewegung ansehen. Schotiko schläft wahrscheinlich schon. Dann markiere ich alle Fotos im Papierkorb und klicke auf WIEDERHERSTELLEN. Alle sind wieder dort, wo sie gespeichert waren. Alles ist an seinem Platz zurück.

Am 17. September besuchen Tina, die Kinder und ich zusammen eine Eisdiele ganz in der Nähe. Tina wollte mit den Kindern hin, solange noch Saison ist und bevor es zu kalt zum Eisessen würde. Wir sitzen alle beisammen. Eis mochte ich nie besonders, aber den Kindern zuliebe esse ich auch eins. Sucht ihr was aus für mich, das ess ich dann, sage ich. Sie wählen Mokka für mich, und ich schlecke es gehorsam. Datuka bekleckert sich das Hemd und schaut schuldbewusst zu Tina. Sie lacht.

Macht nichts, mein Schatz, das kann man waschen, und die Flecken verschwinden.

Warum haben wir eigentlich die Kamera nicht mitgenommen?, sage ich zu Tina. Wir hätten doch Bilder machen können.

Ja, schade, zu dumm, erwidert sie.

Plötzlich steigen mir Tränen in die Augen.

Was ist denn, warum weinst du?, fragt Tina verwundert.

Mir ist was ins Auge geraten, bringe ich die dümmste aller Ausreden vor und flüchte auf die Toilette. Damit die Kinder nicht sehen, dass ich meine Tränen nicht mehr zurückhalten kann. Ich drehe den Wasserhahn auf, lasse kaltes Wasser ins Becken laufen, damit das Geräusch mein Schluchzen übertönt. Mann, was ist mit mir, was bringt mich so zum Heulen? Ist das wirklich das Alter? Die Kinder essen Eis, meine Frau isst Eis, ich auch, obwohl ich kein Eis mag, ihnen zuliebe, aber was ist daran zum Heulen? Da war doch sonst nichts, wir haben nur dagesessen und Eis gegessen, sonst nichts. Ich verlasse die Toilette nicht, bevor ich mich nicht einigermaßen beruhigt hab. Ich klatsche mir Wasser ins Gesicht, trockne die Augen. Dann kehre ich zu den Kindern und Tina zurück. Tina wirft mir einen fragenden Blick zu, aber ich weiß, dass sie in Gegenwart der Kinder nichts sagen will.

In dieser Nacht geht Tina nicht vor mir schlafen, sondern wartet auf mich. Ich schinde Zeit, nehme ein ausgedehntes Bad, trockne mir, was ich sonst nie tue, die Haare mit dem Föhn. Doch schließlich hilft nichts mehr, und ich bin allein mit Tina im Schlafzimmer. Sie wird mir keine Fragen stellen, denn sie weiß, wenn ich was zu sagen habe, sage ich es ihr auch so, sie wird mich nicht mit Fragen löchern, aber ich kann jetzt auch nicht weiter auf Zeit spielen. Ich sage: Tina, verzeih mir. Mehr bringe ich nicht heraus. Lange liegen wir so nebeneinander, schlaflos, aber wir reden nicht. Wir horchen in die Stille, die aus dem Zimmer der Kinder dringt. Sie haben einen ebenso tiefen Schlaf wie Tina.

Dann sagt Tina: Weißt du was, Gio hat jetzt auch angefangen im Schlaf zu reden. Er ist genau wie ich.

Der 18. September ist ein großer Tag. Nach dem Weinkrampf vom Vortag ist mir klargeworden, dass es so nicht weitergehen kann. Ich hab uns alle durcheinandergebracht, die Kinder, Tina und auch mich selbst. Es reicht, so etwas wird nicht mehr vorkommen. An diesem Tag mache ich den kompletten Haushalt, sehr gründlich, die Kinder helfen mir, wir staubsaugen und scheuern die ganze Wohnung, räumen die Bücherregale und die Schränke aus und befreien sie von jahrelang angesammeltem Staub. Wenn Mama heute Abend nach Hause kommt, muss alles glänzen, sage ich. Für die Kinder ist es ein Spiel, was wollen sie mehr, und sie helfen mir bereitwillig. Mittags schon haben wir fast alles erledigt, und die Kinder sind so müde, dass ich gar nichts zu sagen brauche, sie legen sich heute freiwillig und von selbst hin. Gio hat nicht einmal mehr Lust zu lesen.

In dieser Nacht geschieht drüben etwas Seltsames. Ungefähr um eins kommt dieser andere Junge, dieser Rothaarige, er und Schotiko sitzen beisammen, reden, trinken Tee. Wirklich sehr seltsam, bald wird Merab auftauchen, heute ist sein Tag, und was tut Schotiko dann? Ich mache eine Aufnahme nach der anderen und bin gleichzeitig etwas aufgeregt: Wenn Merab ihn jetzt mit dem Rothaarigen ertappt, dann wird da drüben aber was los sein. Meine Sorge überrascht mich selbst, dabei bin ich höchst gespannt darauf, was geschehen wird. Pünktlich um halb zwei biegt Merab in den Hof ein – die Spannung steigt –, eines nach dem anderen gehen die Lichter auf den Stockwerken an, da, er ist oben angekommen. Schotiko steht auf und öffnet die Tür. Merab betritt das Zimmer und erstarrt. Warum nur hab ich kein Abhörgerät, es wäre so interessant, sie belauschen zu können. Merab sagt etwas, offensichtlich ist er sehr verwirrt, der Rothaarige steht auf, begrüßt ihn, streckt die Hand aus. Merab ergreift sie nicht. Er sagt etwas, dann dreht er sich um und geht aus dem Zimmer. Schotiko und der Rothaarige lachen, aber Schotiko ist anzusehen, dass er nervös ist, er lacht irgendwie gezwungen.

Merab bleibt unten lange neben der Eingangstür stehen. Er ist sichtlich am Ende mit den Nerven. Dann schaut er wie immer vorsichtig nach allen Seiten und geht davon, aber mit verlangsamtem Schritt, wie in Zeitlupe, als hätte er keinerlei Eile mehr. Weg ist er, verschwunden aus dem Blickfeld. Der Rothaarige legt Schotiko die Hand auf die Schulter, aber dieser wehrt ihn ab. Noch einmal versucht der andere, ihn zu umarmen, jedenfalls scheint es so aus der Entfernung. Schotiko rückt erneut weg von ihm. Der Rothaarige wird ärgerlich und geht, nein, rennt hinaus. Schotiko bleibt allein zurück und dreht die Musik voll auf. Er tritt auf den Balkon. Instinktiv weiche ich zurück, und plötzlich sehe ich deutlich, dass er zu meinem Balkon herüberschaut. Ausgeschlossen, dass er mich sieht, trotzdem starrt er beharrlich hierher. Ich rühre mich nicht, ich bin überzeugt, wenn ich auch nur einen Finger bewege, sieht er es, und ich bin geliefert. Gebe preis, dass ich seit einem Monat alles weiß über sein Leben, sein Treiben, dass ich alles fotografiert und gespeichert und alles mit angesehen hab, und es ist, als hörte ich ihn vorwurfsvoll sagen: Was willst du? Warum sitzt du mir ständig im Nacken? Dann wendet er sich brüsk ab, stürzt in die Wohnung und schlägt die Balkontür grob zu. Ich lasse wieder Luft in meine Lungen, wage es aber noch nicht, mich zu rühren. Die Beine schlafen mir ein. Ich schaue zu, wie er direkt aus der Flasche trinkt. Eine Weile geht er erregt im Zimmer auf und ab, dann telefoniert er, trinkt wieder und tut schließlich, was er längere Zeit nicht getan hat: Er löscht das Licht. Schluss, sage ich mir, da passiert nichts mehr, als im Treppenhaus plötzlich das Licht angeht. Schotiko kommt die Eingangsstufen heruntergerannt, in den Hof, setzt sich in sein Auto und fährt weg. Ich massiere mir die eingeschlafenen Beine. Das Blut beginnt wieder zu fließen. Ich speichere die Fotos im Laptop ab. Soll ich warten, bis er zurückkehrt? Ich lege den Fotoapparat neben mich. Wenn ich nun einschlafe und was Wichtiges verpasse? Angespannt bleibe ich sitzen. Ich warte. Nichts passiert. Der Morgen graut. Schotiko ist noch nicht wieder da. Sosehr ich mich auch bemühe, ich kann der Müdigkeit nicht mehr widerstehen und gehe ins Schlafzimmer, schmiege mich an Tina und schlafe augenblicklich ein, schlafe wie ein Stein.

Am 19. September ruft mich Tina aus dem Büro an: Ich solle die Kinder um keinen Preis fernsehen lassen, es würden schreckliche Bilder ausgestrahlt, heimlich gefilmte Misshandlungen von Gefängnisinsassen, die Bevölkerung sei außer sich, in der Stadt herrschten apokalyptische Zustände, ich solle ja nicht auf die Straße gehen. Mittags lege ich die Kinder schlafen und schalte den Fernseher ein. Auf allen Kanälen diese Bilder. Schwer zu ertragende Bilder. Irgendwelche Beamte sind bereits zurückgetreten, irgendwer tritt vor die Kamera und sagt, das haben wir nicht gewusst, irgendwer behauptet, alle Aufnahmen wären gestellt und würden absichtlich jetzt vor den Wahlen publik gemacht, damit die Regierungspartei die Wahl verliert. Wirklich heftige Bilder. Ich höre, dass Gio aufgewacht ist, und mache den Fernseher schnell aus.

Was ist los, Papa?, fragt er.

Nichts. Geh und lies was.

Ich will aber nicht lesen, ich möchte mit dir spielen.

Wenig später erwacht auch Datuka. Wir spielen wieder Mowgli und der Tiger, aber ich muss ständig an die Gefängnisaufnahmen denken. Wenn das der große demokratische Wechsel sein soll, denke ich, der Ausgang der Wahlen ist doch bereits sicher, Ende und aus! Die Kinder merken mir an, dass ich nicht bei der Sache bin, und quengeln herum. Ich gebe mir große Mühe, voll und ganz bei ihnen zu sein, aber es gelingt mir nicht. Kommt, gehen wir auf den Balkon und bauen uns ein Lager, schlage ich vor.

Schotiko drüben ist auch auf dem Balkon, er hat einen Stuhl rausgeschleppt und raucht Kette. Mir scheint, er schaut zu uns herüber, aber nein, als ich einen Blick wage, sitzt er starr da und wendet nicht ein einziges Mal den Kopf zu uns her. Ich lasse die Buben draußen toben. Vom Wohnzimmer aus beobachte ich ihn, gehe ab und zu raus, als sähe ich nach den Kindern, was sie so treiben, ob sie sich auch ja brav benehmen. Gios Fußballtrainer ruft an. Heute hätte das Training beginnen sollen, aber in der Stadt herrscht ein Riesenaufruhr, und es wird deshalb auf nächsten Sonntag verschoben. Ich bedanke mich für die Benachrichtigung. Dann ruft Ika an.

Mann, schalt den Fernseher ein, da passiert Unglaubliches.

Ja, ja, sage ich.

Dann ruft Neliko an und dann meine Mutter.

Beruhigt euch, sage ich, bei uns in der Nachbarschaft ist alles ruhig, da passiert nichts, und mit den Kindern geh ich nicht raus, keine Angst.

Obwohl, ich hab es vorhin gehört, einmal sind die Demonstranten auch durch unsere Straße gezogen und haben Slogans wie «Nieder mit dem System» und Ähnliches geschrien. Wieder ruft Ika an, ich solle mitkommen auf die Demo, was ich denn an so einem Tag zu Hause rumsitze? Ich kann nicht mit, sage ich, was soll ich mit den Kindern machen, ich kann sie bei niemandem lassen.

Die Kinder kommen reingerannt, sie haben genug vom Lagerspiel und sind hungrig. Im Kühlschrank liegen noch Frikadellen vom Vortag, die ich aufwärme. Datuka isst nicht, er möchte Kartoffeln. Gut, sage ich, dann braten wir zusammen Kartoffeln. Alle sind zufrieden.

Ika ruft wieder an: Wenn du wüsstest, was für ein Höllenkrawall in der Stadt herrscht!

Im Hintergrund ist Tumult zu hören.

Tina kommt wieder spät nach Hause. Meine Güte, sagt sie, hoffentlich hast du die Kinder nicht an den Fernseher gelassen.

Tina, mach dich nicht verrückt, das hätte ich doch nie im Leben getan.

Schrecklich, was da gerade passiert, sagt sie. Dann geht sie ins Bett.

Drüben passiert nichts. Überhaupt nichts. Das Licht ist aus, wahrscheinlich schläft er.

Am 20. September jedoch geschieht etwas, das alles ändert. Es gibt ja manchmal solche Momente, wo dir klar wird, jetzt ist deine Zeit gekommen, jetzt musst du die Gunst der Stunde nutzen und darfst sie nicht verpassen.

Meine Mutter holte die Kinder ab und nahm sie mit zu sich. Das erwies sich als glücklicher Zufall. Ich sah den ganzen Tag fern, noch immer wurden Gefängnisaufnahmen gezeigt, diesmal noch schockierendere. Die Leute drehten komplett durch, die Straßen quollen über vor Menschen. Ich sagte mir, das hört so schnell nicht wieder auf, die werden irgendwo reinstürmen, alles kurz und klein schlagen, ihr Mütchen kühlen. Ika rief erneut an, er gehe auf die Demo, ich solle mitkommen. Ich kann die Kinder nicht alleine lassen, erwiderte ich. Ich war durcheinander. Wusste nicht, was ich tun sollte in so einer Situation, ob ich auch auf die Straße gehen, schreien, irgendetwas fordern sollte oder weiter dasitzen und warten, bis alles vorbei war. Diese Bilder von den Gefangenen waren wirklich schwere Kost, aber ich sah sie mir alle an, sogar mehrmals; und beim dritten oder vierten Mal lässt es dich kalt, oder du hast dir eine dicke Haut zugelegt, jedenfalls hat es nicht mehr dieselbe Wirkung wie beim ersten Mal. Irgendetwas im Hirn scheint durchzubrennen oder, vielleicht im Gegenteil, da schaltet sich was ein und schützt dich, damit du eben nicht durchdrehst und eine Dummheit machst. Mit Tina hab ich den ganzen Tag nicht gesprochen. Ich sah mir endlose Nachrichtensendungen an und wartete dennoch zugleich auf den Abend. Es war Merabs Tag; nach dem Streit in der vorgestrigen Nacht war ich mächtig gespannt, was sie heute tun würden.

Zu meiner Verwunderung verspätete sich Tina an diesem Abend nicht. Sie sah verweint aus. Tina, was ist passiert, fragte ich, hast du geweint? Ohne auch nur einen Blick und ohne ein Wort verschwand sie im Schlafzimmer und schloss die Tür hinter sich. Wahrscheinlich nehmen die Geschehnisse sie mit, dachte ich. Tinas Vater war im Gefängnis gestorben, er hatte fünfzehn Jahre gesessen und war vor ein paar Jahren gestorben, an einem Herzinfarkt, im Gefängniskrankenhaus hatten sie ihn nicht mehr retten können. Gut, sagte ich mir, soll sie sich ausruhen, ausschlafen, ich will nicht nachbohren, sie hat schon Stress genug.

Soll ich dir einen Kamillentee bringen?, fragte ich sie, nachdem ich geklopft und die Tür geöffnet hatte.

Sie blickte mich an, schüttelte den Kopf und sagte nur: Ich bin müde.

Ich ließ sie in Ruhe.

Halb zwei war schon vorbei. Merab war nicht aufgetaucht. Wahrscheinlich verspätet er sich wegen des ganzen Chaos, sagte ich mir. Die haben bestimmt viel zu tun jetzt, und er hat keine Zeit herzukommen. Aber ich hatte so eine Vorahnung und ging noch nicht schlafen. Er kam dann doch, um zwei, eilte die Treppen hinauf und stürmte in die Wohnung. Offenbar war Schotiko schon zu Bett gegangen, dachte, er würde nicht mehr kommen, und hatte sich schlafen gelegt.

Schotiko sprang aus dem Bett. Sie begannen sofort zu streiten. Schotiko schloss die Balkontür. Ich stellte die Kamera auf Videofunktion. Ich fragte mich, worüber sie sich stritten, als Merab den Jungen plötzlich ins Gesicht schlug. Ausholte und ihn mit offener Handfläche voll ins Gesicht schlug. Schotiko taumelte, das hatte er offensichtlich nicht erwartet. Dann fing er sich und begann, den anderen anzuschreien. Er brüllte aus vollem Hals, aber ich konnte natürlich kein Wort verstehen. Mein Gott, dachte ich, wenn nur Tina jetzt nicht aufwacht, wenn sie jetzt nur nicht aus dem Schlafzimmer kommt, und, mein Gott, dachte ich, was für ein Glück, dass die Kinder nicht im Haus sind und ich alles so leicht aufnehmen kann, und plötzlich greift Merab nach einer großen, schwer aussehenden Vase und schmettert sie Schotiko an den Kopf.

Aus der geplatzten Stirn schießt das Blut. Schotiko steht ein, zwei Sekunden da, greift sich an die Stirn und fällt dann wie niedergemäht, wie tot zu Boden. Meine Hände beginnen zu zittern. Ich versuche, die Kamera still zu halten. Merab steht, steht da, als ob er auf etwas wartete, als ob er im Stillen zählte, oder was auch immer, und dann rennt er hinaus. Rennt, ohne einen Blick zurück. Ich mache die Kamera aus. Es ist still. Betäubend still. Meine Füße tragen mich wie von selbst Richtung Tür. Ich öffne sie ganz vorsichtig und leise, damit Tina nicht aufwacht, und verlasse die Wohnung. Die Kamera nehme ich mit.

MERAB

Der 21. September 2012 ist Merabs Geburtstag. Zweiundsechzig ist er geworden. Ein merkwürdiger Geburtstag ist das: Er sitzt in seinem Büro – letzte Nacht ist er gar nicht nach Hause gegangen, sondern hat sie hier verbracht –, sitzt reglos da, die Hände auf dem Schreibtisch, und denkt nach. Er schaut auf seine Hände und denkt nach. Wie seltsam, mit diesen Händen habe ich die Vase genommen und sie ihm mit ganzer Kraft über den Schädel geschlagen. Das Blut ist richtig hervorgeschossen, aber nicht ein Tropfen spritzte auf mich. Er mustert die Hände, hebt sie auf Augenhöhe, bis zur Nase, streckt sie dann von sich, spreizt die Finger, dreht die Hände, mustert sie gründlich, aber er findet kein Tröpfchen Blut. Wie gerne er früher immer seinen Geburtstag gefeiert hatte; als er sechzig wurde, beging er den Tag mit großem Trara, alle möglichen Leute hatte er eingeladen, alle, alle, sogar die Freunde seiner Enkel samt deren Eltern.

Heute sitzt er hier und fixiert seine Hände. Sein Telefon hat er schon gestern Nacht ausgeschaltet. Immer wenn er zu ihm ging, machte er es aus. Er schaltet es jetzt nicht wieder ein, jemand von der Familie könnte anrufen. Ihn aufstören. Sollten sie hier im Büro Sturm klingeln, wird keiner abnehmen. Die Sekretärin ist noch nicht da. Es ist acht Uhr morgens. Merab ist furchtbar müde, aber schlafen kann er nicht. Die Sonne steht längst am Himmel. Bei Tageslicht sehe ich die Blutflecken besser, denkt er, aber wo nichts ist, ist auch nichts zu sehen. Er sucht sich ab. Jetzt schaut er auf Beine und Füße. Gestern zu dieser Zeit waren die Schuhe blitzblank, seine Frau hatte sie geputzt, und die Hose war perfekt gebügelt, ohne eine einzige überflüssige Falte. Merab erhebt sich langsam und geht zum Spiegel. Alt ist er geworden. Früher sah er ganz anders aus. Er dreht sich vor dem Spiegel, versucht, seinen Rücken zu sehen, vielleicht gibt es dort doch Blutflecken. Nichts zu entdecken. Er zieht die Hose aus und sucht auch diese gründlich ab. Nur in Unterhosen steht er da, in den Händen die Hose, die er wendet und dreht, genau beäugt. Nichts, gar nichts. Nirgends ein einziger kleiner Fleck. Er zieht die Hose an und setzt sich wieder. Er legt die Hände wieder vor sich auf den Tisch.

Zum ersten Mal in seinem Leben weiß er nicht, wie sich verhalten. Wenn mich jetzt doch einfach der Schlaf überkäme, mehr will ich nicht, denkt er sehnsüchtig, aber er kann nicht schlafen. Wieder tritt ihm das Bild vor Augen, wie er mit beiden Händen die Vase ergreift und sie ihm mit Wucht über den Schädel schlägt. Der Junge bleibt verblüfft stehen, erst ganz aufrecht, und sinkt dann kraftlos zu Boden. Rührt sich nicht mehr. Atmet nicht mehr. Er selbst starrt aus irgendeinem Grund auf seine eigenen Füße, und diese Füße lösen sich vom Boden, als hätten sie auf ein Zeichen gewartet, und rennen los. Er läuft die Eingangsstufen hinunter, mit rasendem Puls, und wirft keinen Blick zurück nach oben, blickt nirgendwohin. Er erinnert sich nicht, wo er das Auto abgestellt hat. Er parkt es jedes Mal woanders. Berufsgewohnheit. Er weiß sonst immer, wo er es gelassen hat, aber jetzt kann er sich nicht erinnern. Er sucht, sucht wie ein Wahnsinniger. Auf seinen polierten Schuhen spiegelt sich das Licht der Straßenlampen. Ihm kommt es vor, als seien seine Hände blutig, er ballt sie fest und versenkt sie in den Hosentaschen. Da ist das Auto. Hat schon immer dagestanden, und er ist zweimal daran vorbeigelaufen, ohne es zu sehen. Er setzt sich in den Wagen. Beruhigt sich. Legt die Hände ans Steuer. Überlegt, was er machen soll. Zurückgehen? Nach Hause fahren? Er startet den Wagen und fährt Richtung Büro.

Eine Viertelstunde später steht er vor dem Eingang des Dienstgebäudes. Wirft dem Wachmann ein paar Worte hin und eilt in sein Büro hinauf. Die Tür schließt er von innen ab. Seitdem sitzt er am Schreibtisch und weiß nicht, was tun.

Es ist neun Uhr. Die Sekretärin kommt. Sie schließt Merabs Büro mit ihrem eigenen Schlüssel auf, sie muss die Putzkraft hereinlassen.

«Oh, Batono Merab, Sie sind schon da?»

«Ja.»

«Der Minister hat alle Abteilungschefs um zwölf Uhr zu einer außerordentlichen Sitzung einberufen.»

«Ist er aus Brüssel zurück?»

«In einer Stunde landet er.»

«Gut. Falls meine Familie anruft, stellen Sie niemanden durch. Sagen Sie ihnen, ich sei hier, im Büro, und beschäftigt. Sagen Sie, ich sei die ganze Nacht hier gewesen. Sobald ich Zeit finde, rufe ich sie an.»

«Verstehe, Batono Merab.»

Die Sekretärin begreift, dass sie ihn nicht länger stören darf, und geht. Merab hört sie jenseits der Tür der Putzkraft sagen, sie dürfe noch nicht hineingehen und solle um zwölf wiederkommen zum Saubermachen. Die Putzkraft murrt etwas. Merab sieht auf die Wanduhr. Es ist halb zehn. Die Sitzung ist um zwölf. Merab weiß nicht, was tun. Er starrt auf die Uhrzeiger. Der Sekundenzeiger springt nicht tickend von Sekunde zu Sekunde, sondern gleitet zügig und stumm. Unmöglich, ihm zu folgen. Merab versucht, die Sekunden zu zählen, eine, zwei, drei, vier. Aber der Zeiger überholt ihn. Merab nähert sich der Uhr, vielleicht hört er aus der Nähe wenigstens ihr Ticken. Merkwürdig reizlos, eine Uhr, die nicht tickt, wer hat denn so was schon gesehen. Ich muss sie auswechseln lassen, denkt Merab und bemerkt plötzlich, dass der Sekundenzeiger rot ist. Er hängt die Uhr ab, legt sie auf den Tisch und versucht, sie aufzumachen. Die Rückseite ist fest verschraubt. Er fummelt lange mit dem Brieföffner daran herum, und schließlich gelingt es ihm, sie ist offen. Aha, jetzt ist eine Art Ticken zu hören. Aber das ist nicht, was Merab will. So kann man nicht mitzählen, diesem Rhythmus kann man nicht folgen. Merab hält den roten Zeiger von Hand an. Der Zeiger leistet Widerstand. Er drückt ihn in die Gegenrichtung. Der Zeiger gehorcht, aber sobald ihn der Finger loslässt, drängt er wieder störrisch vorwärts. Und ebenso lautlos wie zuvor. Trifft er auf den Finger, hält er, lässt ihn der Finger los, geht er vorwärts.

Wie viel Zeit ist schon vergangen? Fünf Minuten? Eine halbe Stunde? Merab weiß es nicht, er ist zu versunken. Dann klaubt er den Zeiger vom Zifferblatt. Wie dünn er ist, sobald man ein bisschen darauf drückt, verbiegt er sich. Merab steht vom Tisch auf und hängt die Uhr zurück an die Wand. Setzt sich wieder an den Schreibtisch und sieht zu der Uhr, die eine unbestimmte Zeit anzeigt, es ist nicht auszumachen, ob es die richtige ist, ob sie nach- oder vorgeht. Die Uhr hängt schief. Ich muss sie gerade hinhängen, denkt Merab, aber er steht nicht auf. In seinem Büro herrscht peinliche Ordnung. Fotos der Enkelkinder, Aktenordner, ein paar Bücher und, nur zum Schein und um der Besucher willen, sogar eine Ikone, die Gottesmutter mit dem Jesuskind, ein Geschenk der Sekretärin. Alles in perfekter Ordnung aufgestellt. Nur die Uhr stört diese Ordnung. Zu seiner eigenen Verwunderung irritiert die schief hängende Uhr ihn keineswegs. Sie gefällt ihm sogar. Er sieht auf die Bilder der Enkelkinder, tippt vorsichtig eines an, sodass es in Schräglage kommt. Dann steht er auf, tritt zum Regal und dreht ein paar Bücher mit dem Buchrücken zur Wand, zwei legt er auf den Tisch, eines davon aufgeschlagen. Er öffnet einen Ordner, nimmt ein paar Blätter heraus und verstreut sie auf dem Tisch. Zufrieden setzt er sich hin. Aber nein, aus der Entfernung sieht trotzdem alles überordentlich aus. Merab weiß nicht, wie er den Raum in Unordnung bringen soll. Vielleicht sollte ich was kaputt schlagen, denkt er. Er öffnet eine der unteren Schreibtischschubladen; dort stehen Kaffeetassen. Keine gute Idee – wenn er Lärm macht, kommt die Sekretärin hereingestürzt, und ihre Fragen erträgt er jetzt nicht. Wie viel Zeit bleibt noch bis zwölf? Die Sitzung heute wird schwierig werden. Protestaktionen, Destabilisierungsgefahr, Ausnahmesituation, Aufgebot aller Ordnungskräfte, Niederschlagung – hört er schon die Stimme des Ministers. Doch seine Gedanken eilen wieder davon. Wieder steht ihm vor Augen, wie der Junge sekundenlang reglos aufrecht bleibt und dann in einer Bewegung kraftlos zu Boden sinkt. Den Tod erlebt Merab nicht zum ersten Mal, schließlich hat er den Krieg mitgemacht, dies jedoch ist ein anderer Tod. Ein stiller.

Merab wundert sich, warum es im Ministerium so ruhig bleibt, wo die Welt doch draußen kopfsteht. Gestern sind die Demonstranten sogar am Ministerium vorbeigezogen. Nun herrscht Ruhe, wahrscheinlich sammeln sie ihre Kräfte, oder sie randalieren woanders, vor der Staatsanwaltschaft, vor dem Innenministerium, vor dem Gefängnis von Gldani. Aber daran will er jetzt nicht denken. Daran kann er jetzt nicht denken. In seinem Kopf herrscht undurchdringliche Stille. Wie spät ist es? Zur Sitzung darf er nicht zu spät kommen. Er wird nicht zu spät kommen, die Sekretärin wird ihn schon daran erinnern. Ein gutes Mädel, sie wird es weit bringen mit ihren guten Englischkenntnissen.

«Batono Merab …»

«Ja? Ist es schon zwölf?»

«Nein, aber da will ein Mann zu Ihnen, er hätte sehr wichtige Informationen, sagt er.»

«Was für ein Mann? Ich hab niemanden herbestellt.»

«Dann sage ich ihm, dass Sie beschäftigt sind.»

Ein gutes Mädel. Sie mag keine Indiskretionen. Merab öffnet die Schreibtischschublade über den Kaffeetassen, die, die mit dem Schlüssel verschlossen ist. Er greift mit der linken Hand hinein, legt sie auf den Revolver, der in der Schublade liegt. Seltsam, denkt er, mein ganzes Leben bin ich Rechtshänder gewesen, hab immer alles mit der rechten Hand gemacht, nur geschossen hab ich mit der linken, seltsam.

Die Sekretärin kommt wieder herein, teilt ihm mit, der Mann draußen wolle nicht gehen und beharre auf einem Treffen, er würde sich nicht von der Stelle rühren, bis er mit Baton Merab gesprochen hätte, es handle sich um eine Sache auf Leben und Tod und sie sei unaufschiebbar.

Hinter der Sekretärin taucht der Kopf eines Mannes auf.

«Batono Merab, nur ein paar Minuten, bitte.»

Die Sekretärin ist verärgert, sie sucht den Mann aus dem Büro zu drängen, aber Merab gibt ihr ein Zeichen, ihn kurz hereinzulassen. Die Sekretärin verlässt das Büro. Merab mustert den Besucher. Er kennt ihn nicht.

Er erinnert sich nicht, ob er den Mann schon einmal gesehen hat oder nicht. Kein Mann, eher ein Jüngelchen. Keine dreißig, so einer ist doch noch ein Jüngelchen. Ein gewöhnlicher junger Mann, wie es sie zu Tausenden gibt in dieser Stadt. Mit einem Kopfnicken bedeutet Merab ihm, Platz zu nehmen. Der junge Mann setzt sich, legt die Hände in seinen Schoß und bittet Merab, ihn anzuhören, ohne ihn zu unterbrechen. Er scheint verwirrt, aufgeregt, weiß offenbar nicht, wie beginnen, aber zugleich ist sein Auftreten forsch, hartnäckig, man könnte meinen, der Tod stehe ihm bevor und er habe unbedingt noch etwas zu Ende zu bringen.

Der Junge sagt, er heiße Surab und wohne in der Budapester Straße Nummer soundso.

Seine Worte detonieren wie eine Bombe in Merabs Kopf.

«Bitte denken Sie nicht, ich will Sie erpressen. Nein. Ich will Ihnen nichts Böses. Auf dieser Diskette hab ich alles drauf, alle Ihre Treffen. Sie wissen sicherlich, mit wem.»

Na und? Na und?, fragt sich Merab in Gedanken, die gleich zum Revolver in der offenen Schreibtischschublade schweifen. Surab redet unentwegt weiter, als fürchtete er, alles zu verderben, wenn er auch nur einen Moment innehält.

«Es geht mich nichts an, wer was mit wem hat, aber wenn das alles vor deiner Nase passiert, so ohne Diskretion und ohne Scheu, dann siehst du das alles eben, du siehst es und kannst ja nicht so tun, als hättest du nichts gesehen. Mit den Fotos angefangen hab ich einfach zur Ablenkung, weil ich ja nichts anderes zu tun hatte, die Kinder waren nicht zu Hause, meine Frau den ganzen Tag auf der Arbeit ... Ich hatte aber wirklich keinerlei böse Hintergedanken, und die hab ich im Grunde genommen auch jetzt nicht. Im Gegenteil, wenn Sie erfahren, was ich getan hab, werden Sie mir sogar dankbar sein. Ich hätte auch direkt zur Polizei gehen können, hab ich aber nicht, sondern bin zu Ihnen gekommen. Nein, nein, ich will kein Geld von Ihnen, ich hab Ihnen doch gesagt, ich will Sie nicht erpressen. Im Gegenteil, ich möchte, dass Sie mich als Freund betrachten. Ich werde Ihnen auch gleich beweisen, dass es wirklich so ist: Nämlich, als Sie weggingen, bin ich direkt in die Wohnung hoch ... Warten Sie, lassen Sie mich zu Ende erzählen ... Ich bin sofort hoch. Er war tot, ich hab seinen Puls gefühlt, er war ohne jeden Zweifel tot. Zwei Stunden lang hab ich aufgeräumt, geschrubbt, hab alles sauber gemacht, jeden Fingerabdruck beseitigt. Selbst wenn sie die besten Kriminalisten heranziehen, findet keiner eine Spur von Ihnen. Sie können getrost beschwören, dass Sie nie in dieser Wohnung gewesen sind, und niemand wird das vor Gericht anfechten können. Warum ich das getan hab? Ich sagte doch, ich bin Ihr Freund. Ich hätte direkt zur Polizei gehen können, aber nein –»

«Was wollen Sie?»

Merab sieht ihm in die Augen, und frech erwidert der andere seinen Blick. Merab denkt, dass er mit dreißig genauso war, genauso unverfroren und selbstsicher. Und jetzt wartet er darauf, dass dieser Kerl, der ihn so sehr an seine eigene Jugend erinnert, das Urteil über ihn fällt.

«Sie müssen mir eine Stelle verschaffen», sagt Surab.

«Bitte was?»

«Hier bei Ihnen, im Ministerium.»

Zum ersten Mal in seinem Leben weiß Merab nicht, wie er auf eine Drohung reagieren soll.

«Wollen Sie mich auf den Arm nehmen?»

«Nein. Was anderes als eine Stelle will ich wirklich nicht. Ich werde alles löschen, im Computer und auch in der Kamera. Ich bin der einzige Zeuge, ich hab die Wohnung so gründlich gereinigt, dass niemand das Geringste finden wird. Es gibt keinen anderen Zeugen. Mit dem Rothaarigen deichseln Sie etwas, das wird für Sie ja kein Problem sein ... Ich schwöre bei meinen Kindern, einen loyaleren Mitarbeiter als mich werden Sie nie haben.»

Es wäre mir lieber gewesen, denkt Merab, wenn er Geld gefordert hätte. Ich würde bezahlen und wäre ihn los. Aber nein, er will eine Stelle, damit er mich jeden Tag sieht, Beweis seines großen Siegs, und auch ich ihn jeden Tag sehe und daran erinnert werde, wie ein hergelaufener Rotzjunge mich erwischt hat, damit ich nicht vergesse, dass mein Leben in seiner Hand ist.

Merab weiß nicht, dass Surab die Herumsitzerei zu Hause zum Hals heraushängt, dass Surab sich täglich versteckte Vorwürfe anhören muss, weil er das Kindermädchen spielt und von seiner Frau ausgehalten wird, dass Surab Angst hat vor sich selbst, dass er so nicht weiterleben kann und dass er noch nie etwas mit solcher

Leidenschaft und solchem Eifer angegangen ist wie jetzt diese Sache, dass er sich diese Chance auf keinen Fall entgehen lassen kann. Er muss nutzen, was ihm das Leben im wahrsten Sinn des Wortes direkt vor den Mund gehalten hat. Surab bekümmert nicht, dass jemand gestorben ist; er ist erst einunddreißig und hat das ganze Leben noch vor sich – oder er hat mit einunddreißig schon ein Leben hinter sich und muss jetzt ein neues beginnen.

Surab ist des Wartens müde, das Lächeln verschwindet aus seinem Gesicht, und er fragt Merab:

«Haben Sie denn eine Wahl?»

Was für eine Wandlung, denkt Merab. Bislang hat er mich angefleht, hat sich kleingemacht. Der Halunke hat die richtige Taktik drauf: Erst legt er mir die Fakten dar, dann überzeugt er mich, dass er ein Ehrenmann ist, und jetzt droht er mir, denn er weiß, ich sitze in der Falle.

Surab fährt fort:

«Auch ich hab keine Wahl, ob ich will oder nicht, ich bin in die Sache verwickelt. Überlegen Sie sich's, ich hab's nicht eilig – ich muss nicht zur Arbeit, denn ich hab keine, meine Frau ist im Büro, meine Kinder sind bei der Großmutter – ich kann warten.»

Die Sekretärin kommt herein und erinnert Merab daran, dass in zwanzig Minuten die Sitzung beginnt.

«Bringen Sie den jungen Mann in die Personalabteilung hinunter und lassen Sie ihn eine Bewerbung einreichen», weist Merab sie ruhig an, «und erklären Sie ihm vorher, welche Unterlagen es für eine Anstellung bei uns braucht.

Und nun entschuldigen Sie mich», wendet er sich an Surab, «ich muss mich auf eine Sitzung vorbereiten.»

Surab setzt zu einer Erwiderung an: «Batono Merab –»

«Wir sprechen uns am Montag. Ich habe jetzt wirklich keine Zeit. Ach ja, Nini, der junge Mann wird als mein dritter Stellvertreter anfangen, leiten Sie das an die Personalabteilung weiter, die wissen dann, was zu tun ist.»

«Jawohl, Batono Merab», erwidert die Sekretärin, das gute Mädel, die nicht zu Indiskretionen neigt, ausgezeichnete Englischkenntnisse hat und es nach Merabs Meinung weit bringen wird und die nun mit Surab zusammen das Büro verlässt. Selbstverständlich schließt sie wie immer die Tür hinter sich.

Noch zwanzig Minuten, denkt Merab. Zwanzig Minuten. Was kann man in zwanzig Minuten tun? Wahrscheinlich nicht viel. Obwohl, warum nicht? Er steht hastig auf, nimmt die Uhr von der Wand und legt sie auf den Tisch. Er setzt den Sekundenzeiger wieder aufs Zifferblatt und dreht die Zeiger. Jetzt zeigt die Uhr wieder die richtige Zeit, genau zwanzig vor zwölf.

Zwanzig Jahre alt war ich, denkt Merab, als ich zum ersten Mal nach Moskau kam, ein Student aus der Provinz in der Metropole. In welchem Jahr war das? Na, wenn ich weiß, wie alt ich damals war, ist das Jahr klar – das ist der Vorteil des Jahrgangs 1950: Die Jahre sind leicht zu addieren und subtrahieren. 1970 also bin ich zum ersten Mal in Moskau. Ich lebe im Wohnheim. Die Mathe-Physik-Studenten sind nette Kerle, die Besten der Besten aus allen Sowjetrepubliken. Fedja, blond, hochgewachsen, ein Pickelgesicht, ist der Jüngste, aber er schließt schon das fünfte Studienjahr ab, ein achtzehnjähriges Wunderkind.

Rasskaschi mne o Grusii – erzähl mir von Georgien, sagt Fedja zu mir und legt den Kopf auf meine Knie, und ich erzähle ihm, dort sei es nicht so kalt wie hier und es gebe viel Sonnenschein und viele Früchte.

Fedja lacht: Das hab ich auch so schon gewusst, erzähl mir, wie *dein* Georgien ist.

Mein Georgien? Ich weiß nicht ... So was weiß ich nicht, sage ich.

Was bedeutet dein Name, Merab? Ist das ein georgischer Name?

Ich weiß nicht. Woher soll ich wissen, ob es ein georgischer Name ist oder nicht.

Fedja wundert sich: Wieso weißt du das nicht? Du bist doch sonst so klug?

Bin ich das?

Fedja lacht wieder: Was willst du sonst an dieser Fakultät, warum wärst du sonst hier, Dummköpfe werden nicht hierhergeschickt.

Ich weiß es nicht, sage ich, ich weiß auch nicht, was ich an dieser Uni will. Ich glaube, Physik und Mathe sind nicht meins. Sie sind mir einfach seit Kindheit leichtgefallen.

Ich dagegen, ich liebe die Physik – Fedjas Gesichtsausdruck verändert sich –, ich liebe sie über alles.

Und was liebst du noch, Fedja?, frage ich.

Dich, sagt Fedja und lacht wieder, ich glaube, er ist betrunken.

Hör schon auf, du weißt doch, noch ein Semester, dann kehre ich nach Tiflis zurück, und du bleibst hier, denk dir doch nicht solchen Quatsch aus, Liebe, was denn für eine Liebe, wir tun das doch einfach, um uns zu amüsieren.

Fedja sagt: So, das glaubst du also?, und geht.

Neunzehn. Diese Zahl mochte ich nie. Klar, es ist dumm genug, eine Zahl zu mögen oder nicht zu mögen, aber die Neunzehn habe ich nie gemocht, sie ist eine Unglückszahl, basta. Ich war neunzehn, als mein Vater starb. Meine Tante benachrichtigte mich per Telefon; sogar meine damalige Telefonnummer endete mit der Ziffer 19. Merab, sagte sie, nun bist du der einzige Mann in der Familie, nun ist es an dir, Mutter, Tante, die kleine Schwester zu versorgen. Mach uns keine Schande. Ich habe mich trotzdem nicht in die Nähe des Toten getraut. Ich war nicht einmal imstande, mich länger im Aufbahrungszimmer aufzuhalten.

Achtzehn. Was war mit achtzehn schon wieder? Ach ja, der Führerschein. Ist doch Ehrensache, dass du nach dem Abitur ein Auto von mir geschenkt kriegst, sagt mein Vater und lacht. Was lachen die mich alle an und freuen sich immer über alles? Mein Vater sagt: Bis jetzt war es mein Auto, aber nun ist es auch deins, und du kannst es haben, wann immer du willst, ohne zu fragen, du hast ja den Lappen schon.

Mit diesem Auto fahren Simon und ich in den Wald, zu einer Stelle, wo niemand uns aufstöbern kann.

Simon hat Angst: Mann, wenn uns plötzlich einer überrascht.

Wer soll uns hier im tiefsten Wald überraschen, hierher kommt doch nie jemand.

Wir zumindest sind aber hergekommen.

Welche andere Wahl haben wir denn?, erwidere ich.

Simon schaut mich an, schaut mich merkwürdig an und sagt: Also gut, los, mach vorwärts, bevor uns tatsächlich jemand ertappt.

Siebzehn. Eins und sieben. Meine Cousinen haben so einen Dorfwahrsager ausfindig gemacht, zu dem wollen sie mich mitnehmen. Ich bekomme einen Lachanfall. Spinnt ihr, sage ich, passt auf, dass der Blödsinn keinem zu Ohren kommt, sonst macht ihr euch richtig zum Gespött. Zum Teufel, was soll's, ich komm mit, aber ich warte draußen auf euch. Der Wahrsager ist ein Mann mit Augen, die wie mit einer Lederhaut überzogen sind. Niemand hat uns vorgewarnt, dass er blind ist.

Der Junge, der draußen wartet, soll auch reinkommen, befiehlt er meiner Cousine.

Ich gehe rein.

Komm her zu mir, gib mir deine Hand. Und schlottere nicht so, ich beiße nicht. Was für weiche Hände du hast, sagt er, wo machst du denn die Aufnahmeprüfungen? Du magst technische Fächer, da ist klar, wo du die Aufnahmeprüfung ablegst, aber es ist nicht deine eigene Wahl, du wirst woanders viel erfolgreicher sein.

Ich kann mir das Lachen natürlich nicht verbeißen. Die Cousine stößt mich mit dem Ellbogen an: Was gibt's da zu lachen? Benimm dich anständig.

Macht nichts, macht nichts, sagt der Wahrsager, jetzt

lacht er, aber später wird er begreifen, dass ich die Wahrheit gesagt habe, Physik und Mathematik sind nicht seins, sein Platz ist woanders. Und plötzlich fängt der Alte wie ein hysterisches Weib an zu schreien: Geht jetzt, ich mag nicht mehr mit euch sprechen, ich bin müde.

Ich reibe mir die Hand, in meiner Handfläche spüre ich noch immer seine Wärme.

Sechzehn. Wozu reichen sechzehn Minuten schon? Merab, es ist einerlei, ob es sechzehn Minuten sind oder nicht.

Wie alt bist du, Schotiko?

Er befestigt den Sicherheitsgurt und lächelt mich herausfordernd an. Wie viel würdest du mir denn geben?

Was weiß ich, keine Ahnung, wie alt du bist, Schotiko, hoffentlich über sechzehn.

Keine Angst, darüber bin ich längst hinaus, ich bin sogar schon über zwanzig.

Zweiundzwanzig war er. Am 15. März ist er dreiundzwanzig geworden.

Für dich, Schotiko, bin ich wohl schon alt, du bist wahrscheinlich ganz was anderes gewohnt.

Nun mach mal halblang, Merab, red keinen Stuss. Wie soll ich dich nennen, Merab? Mit welchem Namen, was hättest du am liebsten?

Nenn mich, wie du willst. Aber komm mir nicht mit überflüssigem Drumherum, wir treffen uns einmal die Woche, machen unsere Sache und basta, darüber hinaus gibt es nichts, Schotiko, einverstanden?

Au, Merab, du bist lustig, was für Wörter du benutzt.

Was für Wörter benutze ich?

Ein erwachsener Mann und braucht eine solche Kindersprache, «wir machen unsere Sache», kannst du nicht geradeheraus sagen, wir ficken? Bringst du das nicht über deine Lippen? Warum scheust du dich vor diesen Wörtern, keiner hört uns zu, außerdem bedeutet es genau das, was es bedeutet, und nichts anderes. Gerade dir müsste dieses Wort doch passen, eben hast du gesagt, dass wir uns nur dazu sehen würden und nicht darüber hinaus.

Ja, sage ich.

Fünfzehn, vierzehn. Ich bin vierzehn Jahre alt. Noch jetzt sehe ich vor mir, wie wir im Keller von Sasas Haus stehen und wie uns die Hände zittern.

Es bleiben dir noch dreizehn Minuten, Merab. *Legt dreizehn Kugeln der Reihe nach ein, dreizehnmal töten muss ich mich selbst!* Wie kommt es, dass irgendwelche Gedichtzeilen für immer und ewig im Gedächtnis haften und du sie dir nicht wieder herausreißen kannst? Dreizehn gilt als Unglückszahl, aber das macht mir nichts aus, denn mir kommt dabei dieses Gedicht in den Sinn, in dem der Dichter ein dreizehnjähriges Mädchen liebt und sich für sie mit dreizehn Kugeln dreizehnmal umbringen will.

Bis zwölf Uhr bleiben zwölf Minuten. Zwölf Monate, zwölf Apostel. *Einer von euch wird mich verraten.* Nein, wie der mich erwischt hat. Schon ein starker Typ. Wie hat er mich bloß aufgespürt? Ich werde alt, habe meine Vorsicht fahrenlassen. Wie viele Fotos sind auf der Diskette? Soll ich sie öffnen? Alle kann ich mir sowieso nicht anschauen … Ja, das bin ich, ganz klar, wäre er mit denen zur Polizei gegangen, ich wäre rettungslos verloren. Ich habe gar nicht nach seinem Nachnamen gefragt, wie heißt der? Nicht einmal nach seinem vollen Namen habe ich gefragt. Ich werde wirklich alt. Nein, ich werde nicht alt, ich bin alt, daher kommt's. Ob er auch vom anderen Ufer ist? Wie der sich mir aufgedrängt hat, was den nur antreibt? Einer der eigenartigsten Kerle, die ich je getroffen habe. Und getroffen habe ich viele im Leben.

Elf. Elf Stufen hat jede Treppe in dem Haus. Die Wohnung habe ich für ihn gemietet, mit seinem Job hätte er sie sich nicht leisten können. Und gemietet habe ich sie, damit ich ihn häufiger sehen konnte. Jede zweite Nacht, so hatten wir es vereinbart. Vorher war es schwierig gewesen für mich, monatelang hatte ich ihn nur selten gesehen. Auch er fand es schwierig: Ich möchte öfter mit dir ficken, Merab. Er konnte einfach nicht von diesem Wort lassen. Die jungen Männer von heute sind anders. Sie verhalten sich scheinbar gar nicht anders, aber sie sind trotzdem anders. Was du so daherredest, Merab, von wegen neuer Generation und Unterschieden, hat er immer gesagt.

Zehn. Das Schlimmste, woran ich mich aus meiner Kindheit erinnere, ist, dass ich immer um zehn Uhr zu Bett gehen musste.

Erzähl mir mehr aus deiner Kindheit, sagte er. Über deine Jugendzeit auch. Wie seid ihr gewesen, was habt ihr gemacht, überhaupt, wie seid ihr damals damit umgegangen?

Ich hatte gar nicht gemerkt, dass ich angefangen hatte

zu erzählen, alles zu erzählen, jede kostbare Erinnerung, die erste Berührung eines Jungen, die erste hilflose Beschämung, als meine Mutter mich fragte, wann ich zu heiraten gedächte, es sei allmählich an der Zeit. Dabei wollte ich gar nicht, ich wollte nichts erzählen, ich wollte eben keine Nähe, ich hatte ihn doch von Anfang an gewarnt, dass es so nicht funktionieren würde. Mein Leben ist nicht so eingerichtet, dass ich mich mit einer kleinen Nutte auf ein Techtelmechtel einlassen kann.

Neun. Wenn wir eine Wohnung mieten, darf sie nicht im neunten Stock sein, sagte er. So viel Treppensteigen, das schaff ich nicht.

Es gibt doch Aufzüge, erwiderte ich.

Und wenn das Licht ausgeht oder kaputt ist, kommst du dann und trägst mich hoch?

Ja, dann trage ich dich hoch, und ich ertappte mich dabei, dass ich das Herumalbern genoss, dass mir sein Leichtsinn gefiel und auch sein unbekümmerter Satz: Gut, Schluss mit dem Gejammer, komm, jetzt wird gevögelt. Prompt bekam ich einen Ständer.

Acht. Um acht bist du zu Hause, verstanden, sagte ich.

Warum, bin ich hier im Kloster? Ich bin auch kein Kind mehr, erwiderte er.

Gib mir keinen Grund zur Eifersucht, sagte ich und war mir sofort bewusst, dass ich ausgesprochen hatte, was ich nicht hätte aussprechen dürfen.

Sieben. Mein jüngster Enkel ist sieben Jahre alt, schau, wie niedlich er ist, sagte ich.

Er lachte und sagte: Er gleicht dem Großvater.

Wir liegen nackt im Bett, und mir ist nach mehr als Zärtlichkeiten, nach mehr als Kuscheln.

Erzähl mir von deiner Frau, wo und wie du sie kennengelernt hast, sagt er.

Was interessiert dich das? Warum fragst du danach? Es ist ganz einfach. Wer Karriere machen wollte, musste heiraten, eine Frau haben, alles andere wäre unmöglich gewesen. Meine Frau war ein gutes Mädchen, ist sie auch jetzt noch.

Ist sie hübsch?, fragt er.

Ich mag nicht über meine Frau reden, es ist mir unangenehm, aber er fragt und sieht mich dabei so offenherzig an, dass ich es ihm schließlich erzähle. Wir wurden in einer Parteiangelegenheit nach Moskau geschickt, und dort hab ich sie kennengelernt, sie war als einzige Frau dabei. Ein Jahr später haben wir geheiratet.

Und sie hat nicht Bescheid gewusst über dich?

Nein, natürlich nicht. Sie weiß es bis heute nicht und wird es auch nie erfahren.

Sechs. Meine Frau wollte sechs Kinder. Auf mehr als zwei habe ich mich aber nicht eingelassen.

Hattest du keine anderen Frauen, Merab?

Doch, hatte ich, fünf insgesamt. Ich erinnere mich noch heute an jede einzelne genau. Ich wollte mir selbst beweisen, dass etwas nicht richtig war mit mir und sich alles einrenken würde, wenn ich mich nur bezwänge.

Ich verstehe nicht, wie du so leben kannst, Merab. Wie du es schaffst, dich all die Jahre zu verstecken.

Das ist schließlich mein Beruf, sage ich.

Und an die Physik erinnerst du dich gar nicht mehr?

Was geht uns jetzt die Physik an, komm her zu mir, sage ich.

Vier. Um vier komme ich nach Hause. Alle schlafen. Niemand fragt mich etwas. Meine Frau hat sich an meine unbestimmten, langen Arbeitszeiten gewöhnt. Sie glaubt wohl, ich sei eine Art James Bond. Vielleicht glaubt sie es auch nicht, und es ist ihr alles ganz recht so. Schließlich ist sie Großmutter von drei Enkeln. Was sollen wir noch solche Sachen machen in unserem Alter, pflegt sie zu sagen und streicht mir zärtlich über die Wange.

Zwei. Wenn ich zwei Alternativen hätte, was würde ich dann tun? Was für eine dumme Frage, eine Alternative besteht per se aus zwei Möglichkeiten. Entweder ich tu das eine oder das andere. Das eine oder das andere.

«Batono Merab, Sie sollten sich nicht verspäten.»

«Ich komme, noch eine Minute, und ich komme.»

«Gut», sagt die verständige Sekretärin und geht. Und wie immer schließt sie die Tür hinter sich.

Merab setzt sich an den Schreibtisch, legt seine Linke wieder auf den Revolver. Er ist gerettet. Jemand hat ihn gerettet, jemand, der ebenso verwegen ist wie er selbst in seiner Jugend. Oder vielmehr, der andere hat ihm einen Rettungsweg vorgeschlagen. Eine einzige Unterschrift unter die Bewerbung, und sein Ruf bleibt makellos. Wem würde einfallen, Merab mit dem Ganzen in Verbindung zu bringen? Den Rothaarigen müssen sie noch finden und zum Schweigen bringen, aber das ist für ihn ein

Leichtes, derartige Probleme hat er schon jede Menge geregelt. Außerdem hätte er Surab an seiner Seite. Er vertraut diesem frechen Kerl, denn der hat sich die Hände schon schmutzig gemacht, falls er tatsächlich den Tatort gesäubert hat, wie er behauptet, und warum wäre er sonst hergekommen, wozu sonst hätte er dieses Theater aufgeführt, er hatte was vorzubringen, was zu fordern und wird sogar bekommen, was er will; aber was soll er, Merab, tun, wie soll er dem entrinnen, dem er scheinbar schon entkommen ist, wo er doch weiß, dass es kein Entkommen gibt, wenn dir für immer und ewig vor Augen steht, wie du mit beiden Händen die schwere Vase ergreifst, sie ihm über den Schädel schlägst und dann dem Opfer in die Augen siehst, bevor es wie niedergemäht zu Boden sinkt. Obwohl, wer hier wessen Opfer ist, weiß niemand. Vielleicht ist Merab selbst das Opfer, vielleicht ist es Schotikos Schuld – was hatte er nur gewollt, warum hatte er sich nicht beschwichtigt?

Los, Merab, sag's, hab keine Angst vor diesem Wort.

Bisher war es ihm gelungen, so zu leben, dass er die Grenze nie überschritt, nie so weit zu gehen, dass er keinen Rückzieher mehr hätte machen können, bisher hatte er es immer geschafft, sich von ihnen zu trennen und sie so weit wie möglich von sich zu schleudern. Doch der, was der nun für Schwierigkeiten machte, was die kleine Nutte für Probleme machte! Warum ist es nicht möglich, sich den auch aus dem Kopf zu schlagen, umso mehr, als er tot ist. Er hat ihn eigenhändig umgebracht, na und? Menschen getötet hatte er schon davor, er hat nie gezählt, wie viele, schließlich war er im Krieg gewesen. Schotiko hatte ja auch nie gezählt, links und rechts hatte er es mit allen getrieben und es nicht einmal vor ihm verheimlicht. Wie kannst du Treue von mir verlangen, wenn du so selten Zeit für mich findest, sagte er. Und dann, nach dem Umzug in die Wohnung, kam er mit neuen Ideen: Ich ertrag das nicht mehr, du kommst mitten in der Nacht, verbringst eine Stunde mit mir und haust wieder ab. Warum verstand Schotiko nicht, dass er einfach keine andere Möglichkeit hatte, dass es undenkbar war, mit ihm zusammen durch die Stadt zu schlendern oder irgendwohin auszugehen, nicht einmal nachts, nicht einmal außerhalb der Stadt.

Wie einfach du es dir machst, Schotiko, indem du schlicht nicht verstehen willst und dich auf den Standpunkt stellst, es herrschten nun andere Zeiten und niemand würde sich mehr verstecken, indem du Partys und Clubs besuchst, dich von allen betatschen lässt und das Leben genießt, denn du hast nie erlebt, was ich durchgemacht habe.

Bist du eifersüchtig, Merab?

Ja, ja, ja, ja, ich bin eifersüchtig!

Zum Schreien, zum Brüllen hatte er ihn sogar gebracht.

Ja, ich werde wahnsinnig, wenn ich mir vorstelle, wie dich ein anderer anfasst, wie er dich dort küsst, wo nur ich das Recht habe, dich zu küssen! Ja, ich bin eifersüchtig!

Warum?, fragt Schotiko. Und gibt gleich selbst die zynische Antwort: Wir haben doch vereinbart, einander nur beschränkt zu sehen, nur «unsere Sache zu machen» und mehr nicht.

Ständig hält er mir diese Worte vor, ständig, ständig muss er mich quälen damit und mir Vorhaltungen machen. Was hat mich dazu gebracht, es auszusprechen? Was tu ich da eigentlich, wohin zum Teufel verrenne ich mich, warum kann ich nicht aufhören?

Weil du mich liebst, Merab. Liebe heißt das, los, sag's, es ist schließlich nicht dasselbe wie «Ficken», es ist etwas Reines und Erhabenes, los, Merab, gib's zu, du liebst mich, gib's zu, du konntest nicht länger widerstehen, obwohl du es mit aller Kraft versucht hast, aber am Ende hast du doch nicht länger widerstehen können.

Die Tür öffnet sich einen Spalt. Die Sekretärin sagt, Baton Merab werde zur Sitzung gerufen, alle seien schon da, sie warteten nur noch auf ihn. Merab denkt:

Es ist Zeit.

SURAB

Nie hätte er sich vorstellen können, so leicht damit durchzukommen. Als er das Gebäude betrat, hatte ihm das Herz bis zum Hals geklopft. Den ganzen Weg über dachte er: Was mach ich da für einen Blödsinn, wo steck ich meine Nase rein, in wessen Rachen werfe ich mich, sollte ich nicht besser umkehren, meine Mutter anrufen und sie bitten, die Kinder zurückzubringen, wieder Mowgli mit ihnen spielen und wieder ihre Lieblingskinderfilme mit ihnen gucken wie früher, sollte ich nicht besser warten, bis Tinas Stimmungstief vorbei und sie wieder zugänglicher ist und mich wieder liebt wie zuvor, was such ich hier eigentlich, wohin geh ich, warum will ich mich selbst zugrunde richten? Aber er war trotzdem hingegangen und hatte sein Ziel überraschenderweise erreicht.

Auf dem Weg hinunter zur Rustaweli-Avenue kommen ihm Demonstranten entgegen, die Parolen schreiend Richtung Sicherheitsministerium ziehen. Surab kann nicht genau verstehen, was sie schreien, kann auch die Transparentaufschriften nicht entziffern. Ich ruf Tina an und sag ihr, dass ich tolle Neuigkeiten hab, denkt Surab, sie wird ausflippen vor Freude. Bloß, was sag ich ihr, wenn sie mich fragt, wie ich so unverhofft zu so einer Position gekommen bin? Ich muss mir was Glaubhaftes einfallen lassen. Etwa, dass ich mich seit längerem bemüht hab, ihr nichts sagen wollte und es mir jetzt endlich geglückt sei, ich erfinde einen alten Bekannten, irgendwas wird mir schon einfallen, das ich ihr vorlügen kann. Nein, ich ruf sie nicht an, ich geh direkt bei ihr im Büro vorbei und mach ihr eine Freude, es liegt ja in der Nähe, ein paar Minuten zu Fuß. Auch Mutter wird außer sich sein vor Freude. Alle werden außer sich sein. Ika wird es gar nicht glauben können. Ich hör ihn schon sagen: Unmöglich, Alter, willst du mich verarschen? Nein, Mann, nein, ich glaub's ja selber nicht, aber es ist wahr. Ich muss mir eine glaubhafte Lüge ausdenken. Ob sie seine Leiche schon gefunden haben? Wenn einer seiner schwulen Kumpel vorbeigeschaut hat, haben sie ihn vielleicht schon entdeckt. Es wird Ermittlungen geben, aber die können mir nichts in die Schuhe schieben, ich hab alles richtig gemacht. Alles.

Das Justizgebäude hat ihm noch nie gefallen. Das riesige Gebäude, der einzige, ungeteilte Innenraum mit seinem Stimmengesumm ist ihm zuwider, aber egal, er wird hineingehen, Tina seine erfreuliche Neuigkeit offenbaren und ihr zudem verkünden, dass sie ihre Stelle bald aufgeben kann, dass sie sich nicht mehr von morgens bis abends abquälen und in Tausende leerer Augen blicken muss, dass sie glücklich sein und tun und lassen kann, was sie will.

Aber Tina sitzt nicht an ihrem Platz. Sie sei gerade gegangen, sagen ihre Arbeitskolleginnen, ihr war nicht gut, und wir sind für sie eingesprungen. Sie ist krank? Tina ist krank? Und wo ist sie hingegangen? Wahrscheinlich nach Hause, sie war ganz blass, oje, wir hätten sie nicht so gehen lassen dürfen. Die Kolleginnen machen sich Sorgen, haben aber keine Zeit, sich weiter mit Surab abzugeben, auf der Leuchttafel erscheinen die nächsten Nummern, und sie müssen sich wieder um die Klienten kümmern, mit lächelnder Miene, das ist obligatorisch.

Tinas Handy ist ausgeschaltet. Das verstört Surab. Was ist mit ihr? Gestern war ihr doch gar nichts anzusehen? Sie verbirgt doch nicht etwas vor mir?

Surab ruft seine Mutter an. Nein, bei mir ist sie nicht aufgetaucht, den Kindern geht's gut, Moment, wie, Tina ist nicht im Büro? Die Mutter wundert sich. Was ist passiert? Warum hat sie nicht angerufen? Es ist nicht Tinas Art, einfach so zu verschwinden, sie ist eine sehr besonnene Person, vielleicht ist wirklich etwas passiert. Surab will nicht weiter mit der Mutter reden, es drängt ihn nach Hause. Die Wohnungstür ist verschlossen. Niemand zu Hause. Surab ruft Neliko an. Ist Tina zufällig bei dir? Neliko hat Dienst und nimmt den Anruf im Krankenhaus entgegen. Bei mir? Was soll sie denn bei mir? Ist was passiert? Surab wird klar, er hätte Neliko nicht anrufen, hätte sie nicht ohne Grund ängstigen dürfen. Nein, nichts, wahrscheinlich ist einfach ihr Handyakku leer, und sie hat das Ladegerät zu Hause vergessen. Neliko lässt sich nicht beruhigen, aber Surab will auch mit der Schwiegermutter nicht länger reden.

Wohin kann sie verschwunden sein? Surab tritt auf den Balkon und schaut gedankenlos zum gegenüberstehenden Block und zu dem anderen Balkon hinüber. Dort ist die Tür geschlossen. Im Hof herrscht Totenstille, der rote Alfa Romeo leuchtet in der Sonne. Wie der bloß darauf gekommen ist, ein Auto in dieser Farbe zu kaufen? Was mache ich mir da für dumme Gedanken? Wo ist Tina? Wo ist sie, jetzt, da er solch wunderbare Neuigkeiten für sie hat? Der Reihe nach ruft er alle an, deren Nummer er im Handy gespeichert hat, und versucht dabei, sich seine Sorge nicht anmerken zu lassen. Schließlich, was kann schon Schlimmes passiert sein? Noch ist es nicht einmal Abend. Aber niemand weiß das Geringste. Es könnte doch sein, dass sie einen Unfall hatte, im Krankenhaus liegt. Oder ist sie vielleicht auf die Demo gegangen? Aber warum hat sie dann das Handy nicht an? Das ist so gar nicht Tinas Art. Sicher, sie hat sich in letzter Zeit seltsam benommen, kein Wunder, sie war übermüdet, tausend Dinge lasteten auf ihren Schultern, sie war ausgelaugt, das ganze Drumherum, mit ein wenig Urlaub und Erholung legt sich das ganz schnell, und sie ist wieder die alte Tina. Surab spürt, dass er Tina liebt, genauso liebt wie damals, als sie heirateten. Was für ein Tag, denkt er, was für ein verrückter Tag. Vielleicht sollte ich zur Polizei gehen. Aber er weiß, er wird nicht hingehen. Kann nicht hingehen. Er ist nicht imstande, sich zu gedulden, bis ihm Aufmerksamkeit geschenkt wird, bis das Meldeformular ausgefüllt ist, bis er befragt wird, wie und wann, und er Tinas Statur beschreiben muss – wie groß, welche Haarfarbe, welche Augenfarbe, was hatte sie an, als sie heute früh von zu Hause weg ist, hat sie in letzter Zeit irgendwas Verdächtiges bemerkt, hat sie vielleicht Feinde, hattet ihr vielleicht Streit ... Sich alldem zu stellen ist das Letzte, was Surab jetzt will, was soll er denen überhaupt sagen? Meine Frau ist heute früh aus dem Haus gegangen und nicht von der Arbeit zurückgekehrt, bitte machen Sie sie ausfindig? Er würde sich mehr als nur zum Gespött machen. Die würden sagen: Auf deine Frau musst du schon selbst aufpassen, die Polizei hat im Moment Wichtigeres zu tun, siehst du nicht, was im Land los ist? Das weiß er, natürlich weiß er das, niemand hat jetzt, wo das ganze Land in die Luft zu fliegen droht, Zeit für seine kleinen Sorgen. Doch seine Füße tragen ihn wie von selbst zum Polizeirevier. Lange bleibt er auf der Steintreppe stehen und wälzt im Kopf hin und her, was er sagen soll, überlegt, wie er es anstellt, sich nicht anmerken zu lassen, was er sich keinesfalls anmerken lassen darf, aber der Zweifel quält ihn: Wenn er jetzt reingeht, wird sein Gesicht dann nicht auch preisgeben, was gestern geschehen ist, werden sie es nicht in seinem Gesicht lesen können? Halt, sei so gut und verfall nicht in Panik, du gehst jetzt rein, gibst die Meldung auf und gehst wieder raus, wer soll dir irgendwas anmerken, und überhaupt, wie kommst du darauf, dass irgendwer irgendwas bemerken könnte, was wäre auch groß zu bemerken, du gehst rein, gibst die Meldung auf und gehst wieder raus, wenn du das nicht fertigbringst, was hast du dann im Staatssicherheitsdienst zu suchen, denkt Surab, aber er geht nicht hinein. Er spürt, wie seine Knie plötzlich nachgehen, und muss sich setzen, muss Atem schöpfen.

Tinas Arbeitskolleginnen rufen an und fragen, ob sie zu Hause sei.

Nein, sie ist noch nicht wieder aufgetaucht, aber wenn, dann lasse ich es Sie geich wissen.

Wie haben wir sie nur so gehen lassen können, bei diesem Chaos draußen, wer weiß, vielleicht ist sie in einen Tumult geraten, bitte benachrichtigen Sie uns sofort, sobald sie auftaucht.

Surab bedankt sich für die Anteilnahme. Was zum Teufel ist los mit mir, warum kann ich nicht aufstehen? Er schaut aufs Telefon, hofft auf den Anruf, der seine Kräfte wiederkehren lässt und ihm auf die Füße hilft.

Aber Tina ruft nicht an. Neliko ruft an. Seine Mutter ruft an. Nichts Neues. Keinerlei Neuigkeiten. Unternimm was, tu was, sagt ihm Neliko. Seine Mutter sagt das Gleiche. Woher sollen sie wissen, dass er es längst versucht hat, alles, was ihm einfiel. Und etwas für die Familie getan hat, was jenseits ihres Vorstellungsvermögens liegt. Wie, mein Surab? Das glaube ich nicht! Das gibt's nicht! Mein Surab würde so was nie tun! Was denkt er da, er muss Tina finden, irgendwie muss er Tina jetzt finden. Bloß finden. Er wird sie nicht anschreien, ihr keine Vorwürfe machen, ihr nicht sagen: Wo hast du bloß gesteckt, was ist das für eine Art, das Telefon auszuschalten, ich bin gestorben vor Angst, hast du sie noch alle, du kannst doch nicht einfach so verschwinden, Mädchen! Nein, das wird er nicht sagen. Er wird sie in den Arm nehmen, küssen und sie froh machen damit, dass er eine Stelle gefunden hat und was für eine Stelle! Dass sie ab morgen ein neues Leben anfangen, ein ganz anderes Leben. Doch was er dafür getan hat, das darf Tina nie erfahren. Darüber mach ich mir morgen Gedanken, denkt Surab und spürt wieder Kraft in den Knien.

TINA

Am 18. August habe ich ihn zum ersten Mal gesehen. Nicht, dass ich mich so genau erinnern könnte, für solche Nebensächlichkeiten habe ich keinen Platz in meinem Kopf, aber ich bewahre immer alle Notizen auf, alles notiere ich mir, deshalb braucht es nur einen schnellen Blick, um mir in Erinnerung zu rufen, wie an diesem Tag, an diesem sonnigen Tag, der Chef hereinkam und verkündete: Mädels, darf ich vorstellen, endlich beehrt euch auch ein behoster Kollege mit seiner Gegenwart in diesem Raum, Nuri heißt er und ist ein außergewöhnlicher junger Mann, also, ihr wisst schon, wie ihr euch um ihn kümmern müsst. Übrigens, er ist verheiratet, hat gerade ein kleines Mädchen bekommen, nicht dass mir eine auf falsche Gedanken kommt. «Mädels» sagte er. Dabei sitze da nur ich, glücklicher- oder unglücklicherweise nur ich, und ich habe mich gefreut, dass ich Hilfe bekam, die Arbeit nicht mehr allein bewältigen musste, solange alle anderen im Urlaub waren, ich freute mich und lächelte ihm zu –

Mit diesem Lächeln begann es –

Auch er lächelte mir zu –

Was für schlechte Zähne er hat, wie mager er ist, wie dunkelhäutig, was für einen merkwürdig kränklichen Teint er hat, wie jung er aussieht, dabei hat er schon Frau und Kind, egal, er wird mich bei der Arbeit unterstützen, wie gut, muss ich nicht mehr allein hier sitzen den ganzen restlichen August, wie gut –

Er hat nicht einmal den Mund aufgemacht, den ganzen Tag hing er mit seiner länglichen Nase am Bildschirm und blickte nur selten verstohlen zu mir, nein, es war kein verschlagener Blick, er hat einfach so seltsam schmale Augen –

Unmöglich zu erkennen, was er will oder wollen könnte –

Er macht seine Arbeit, kommt es mir nur so vor oder meidet er meinen Blick, aber was bilde ich mir ein, er meidet mich überhaupt nicht, wie mager er ist, vielleicht ist er krank –

Wie mager er ist, ich war damals in seinem Alter auch so, wie alt er sein mag, wahrscheinlich zweiundzwanzig oder dreiundzwanzig –

Was er wohl von mir denkt, was soll er schon denken, er kennt mich ja gar nicht, wir sitzen erst seit einer Stunde Seite an Seite, und so viele Leute fallen über uns her, zum Reden haben wir keine Zeit –

Gegen Abend, als es still wird und der Strom der Leute nachlässt, wird sein Blick fester, er schaut mich an, schaut mich verwundert an, wie peinlich, was er nur will, endlich steht er von seinem Schreibtisch auf und sagt:

Gib mir deine Telefonnummer, ich muss dir was schicken –

Noch immer habe ich seine erste Kurznachricht gespeichert –

Was er mir an dem Abend geschrieben hat, werde ich nicht löschen –

Werde ich lange aufbewahren –

Um dann jede Nachricht einzeln zu markieren und alle miteinander zu löschen –

Doch weiß ich noch nicht, wann das sein wird, wann ich nicht mehr den Wunsch verspüre, diese Narrheiten zu lesen, wann ich es wage, mir diesen Mann mit einem heißen Eisen auszubrennen –

Wie lachhaft, einen mageren Jungen Mann zu nennen, was für einen merkwürdigen Teint sein Gesicht hat, um den Arm trägt er Kettchen, ein Lederarmband und eine Art Schnur, ich wusste nicht, dass man bei uns solchen Schmuck trägt, in dem dünnen Hemd scheinen seine Arme mager, mager, schmächtig, aber trotzdem sehnig, ich betrachte sein Gesicht, auf seiner Oberlippe sitzen Schweißtröpfchen von der Hitze, eigentlich gefällt er mir nicht, aber ich weiß nicht warum oder warum überhaupt er mir gefallen sollte, was geht er mich an –

Ohne nachzusehen, rufe ich mir in Erinnerung, was er mir an dem Abend geschrieben hat –

Ich rufe es mir so in Erinnerung, wie es mir mein Gedächtnis eingibt –

Ich überprüfe es nicht, weil ich es so in Erinnerung behalten will –

Direkte und einfache Worte waren es –

Vor Überraschung war ich nicht imstande, ihm eine Antwort zu schicken, wie hätte ich dem Mann antworten sollen, schon wieder nenne ich ihn Mann, dabei ist er ein Junge, wie hätte ich einem vollkommen Unbekannten antworten sollen, der einen einzigen Arbeitstag mit mir verbracht hat und der mir so direkt und ohne Scheu ganze zwei Sätze schreibt:

Du gefällst mir sehr. Versteh es, wie du willst.

Vielleicht hat er es auch nicht so formuliert, und ich habe es nur so im Gedächtnis, aber ich werde es trotzdem nicht nachprüfen, ich will es so in Erinnerung behalten, wie es mir mein Gedächtnis eingibt –

An dem Tag bin ich spät nach Hause gegangen, als hätte ich etwas verbrochen und könnte es mir selbst nicht eingestehen, bin ich sehr spät nach Hause gegangen und habe mich gleich schlafen gelegt –

Doch erinnere ich mich, ich habe ihm nicht zurückgeschrieben –

Am nächsten Tag wusste ich nicht, was sagen –

Kaum hatte ich das Büro betreten, wandte er sich mir genauso direkt zu, wie seine Nachricht war, küsste mich auf die Wange und stellte dabei die ganz gewöhnliche Frage:

Wie geht's?

Wie sollte es mir gehen, was wollte er von mir oder was für eine Antwort erwartete er –

Den ganzen Tag arbeiten wir wieder schweigend nebeneinander, aber unsere Blicke stehlen sich ständig zum anderen hin, wann wird dieser unerträgliche Arbeitstag enden, warum sind wir jetzt allein, die Anwesenheit von anderen Menschen im Raum wäre eine Erlösung für mich, oder vielleicht ist es im Gegenteil gut, sind wir allein und niemand bemerkt, was wir tun, aber was tun wir schon, nichts, nichts, wiederhole ich für mich, und ich weiß genau, niemand hat die Schuld daran, was an diesem Abend geschehen wird, denn die Schuld liegt ebenso bei mir wie bei diesem Jungen –

Zu Hause lüge ich Surab vor, ich hätte noch im Büro zu tun, es ist eine kümmerliche Lüge, und dann halte ich es nicht länger als fünf Minuten unter der Dusche aus und renne davon, renne, ohne mir ein schlechtes Gewissen zu machen davon, und dann gehen wir den ganzen Abend irgendwo in Sololaki in den Gassen zwischen den verfallenen Häusern spazieren, und er erzählt mir, erzählt, ohne innezuhalten, dass er und sein Frau mal hier, mal dort wohnten, oft umgezogen seien und sehr jung geheiratet hätten, ja, genauso förmlich und kalt sagt er das und dass ihm das ständige Umziehen gefällt und ihn überhaupt nicht nervt und dass sie, weil das Kind noch so klein ist und sie Hilfe brauchen, bei den Eltern der Frau wohnten, und dann fragt er mich, wie ich lebe, und wundert sich, dass ich seit so vielen Jahren am selben Ort wohne und noch nie auf den Gedanken gekommen bin, woanders hinzuziehen, meine Lebensverhältnisse verwundern ihn ebenso wie mich die seinen, aber weder alarmieren mich seine Fragen, noch empfinde ich Scham, dass ich einem unbekannten Mann von meinem

Mann und meinen Söhnen erzähle, auch mache ich mir keinen Kopf darum, dass ich verstohlen Surab anrufe und ihm vorlüge, ich müsste bis spät Überstunden machen, keinerlei Gewissensbisse verspüre ich, und plötzlich wird mir bewusst, was wir eigentlich im Begriff sind zu tun –

Beide suchen wir einen Schlupfwinkel, einen Hauseingang oder eine Ecke, wo uns niemand entdeckt, und ich weiß nicht, wozu wir nach einem Hauseingang Ausschau halten, was für eine Verrücktheit geschehen wird, gestern erst habe ich ihn kennengelernt, ich kenne ihn nicht einmal richtig, ich weiß nicht, was ich von ihm will oder was er von mir wollen könnte, lauter dummes Zeug geht mir im Kopf herum, als wir schließlich in einen Eingang treten und er mit der Handytaschenlampe leuchtet, schau mal die Decke, wie schön die ist, und wir stehen so nahe beieinander, dass ich ihn atmen höre, dabei ist er gar nicht außer Atem, so nah steht er bei mir, dass ich seine Körperwärme spüre, und plötzlich küsst er mich auf den Hals, ohne ein Wort, und eigentlich müsste ich jetzt sagen, was machst du da, bist du wahnsinnig geworden, wenn uns jemand sieht, aber ich sage es nicht, ich vergesse jegliche Vorsicht und küsse ihn –

Er küsst mich seltsam mit gespitzten Lippen, öffnet kaum den Mund, und da entschlüpfen mir diese drei Worte, die bei jedem beliebigen anderen Mann oder an einem anderen Ort als in diesem Eingang abstoßend klängen, aber nicht in dieser Augusthitze und nicht bei diesem Jungen, sie entschlüpfen mir, und ich kann sie nicht mehr zurücknehmen, im Dunkeln hängen diese banalen Worte in der Luft –

Mein kleiner Junge –

Er hat innegehalten, mein Gesicht in die Hände genommen, sie waren verschwitzt, durch das eiserne Türgitter drang ein einziger gelber Lichtstrahl und ließ seine Augen und seine Stirn leuchten wie in einem dieser alten Filme, und er schaute mich an, schaute mich lange an, mein Gott, wenn er jetzt nur nicht lacht oder etwas sagt, dachte ich, aber er sagte nichts, er stand da und hielt mein Gesicht in seinen Händen und schaute mich an, wahrscheinlich sah er mich gar nicht richtig, aber er schaute mich trotzdem an und zerrieb die Unsinnigkeit meiner Worte mit seinem Schweigen –

Später, in der Nacht, schrieb er mir, schrieb mir pausenlos und so schnell Nachrichten, dass ich weder zum Antworten noch zum Nachdenken kam, und schickte ich endlich eine Antwort ab, war er, kaum dass er sie gelesen hatte, schon woanders, bei der nächsten unsagbar süßen Narrheit –

Er schickte mir ein Bild seines Töchterchens, ein lustiges kleines Mädchen mit schwarzen Locken, die Beine emporgestreckt liegt sie auf dem Bett, ihr Vater neben ihr, auch er mit emporgestreckten Beinen und Grimassen ziehend, was für ein Vater und was für eine Tochter, ich wiederum muss daran denken, dass meine Jungen jetzt bei meiner Mutter sind und ich sie vermisse, ich muss sie unbedingt sehen, muss sie in den nächsten Tagen sehen, doch jetzt bin ich woanders, in diesem Moment bin ich ganz woanders, und ich schäme mich nicht, diese närrischen Worte gesagt zu haben, dort im dunklen Hauseingang –

Der dritte Tag im Büro dehnt sich in die Länge wie noch nie ein Tag, wir werfen einander Verschwörerblicke zu und lächeln uns an, unser Chef ist zufrieden und freut sich, dass ich mit dem neuen Mitarbeiter so gut auskomme und zu dem Frauenteam ein Mann gestoßen ist, der Mann jedoch sitzt anderthalb Meter neben mir und schreibt mir Nachrichten, kein Wort richtet er an mich, schreibt mir nur, ich solle heute mit ihm mitkommen –

Wohin –

Frage ich ihn –

Er gibt mir keine Antwort, schaut mich nur an mit lachenden Augen, er weiß, ich werde mitkommen, werde ihm bedenkenlos folgen, wohin auch immer er mich führt –

Wem gehört die Wohnung –

Was machen wir hier –

Ich habe die Tür noch nicht geschlossen, als ich seine heißen Lippen spüre, heiß sind auch seine Hände, warum glüht er so, das ist immer so bei mir, sagt er, wir sind beinahe unsichtbar im Dämmer dieser fremden Wohnung, wie seine Haut glüht und wie fest er mich in seinen Armen hält, es fehlt nicht viel, und er erdrückt mich, mein kleiner Junge, was habe ich bloß, warum wiederhole ich diese närrischen Worte, warum begreife ich nicht, dass sie fehl am Platz sind und unpassend, er riecht nach Joghurt, ein bisschen säuerlich, mit Haut und Haar überlasse ich mich diesem Geruch, wie möchte ich in diesen Körper dringen, Worte genügen nicht, um zu erklären, was ich jetzt fühle, doch wozu erklären, sein Kopf auf meinem Herzen ist wunderbar leicht, nicht einmal der linke Arm schläft mir ein, zum ersten Mal im Leben schläft mir der Arm nicht ein, wie heiß es ist, die Vorhänge am offenen Fenster bewegen sich leicht, ganz leicht, und das gelbe Licht der Straßenlampe sickert gerade bis zu dem alten Spiegel im Zimmer, was für eine hässliche Wohnung, mit niedriger Decke, vollgestellt mit Sowjetmöbeln, russischen Büchern, eine Wohnung, aus der nie etwas entfernt, nur immer wieder was reingestellt und hinzugefügt wurde, in der Spiegelecke ist ein Fleck zu sehen –

Was ist das –

Frage ich ihn –

Er steht auf, wie wunderbar er anzusehen ist, auf seinem dunklen Körper spielt das gelbe Straßenlicht, wenn ich könnte, ich würde den Blick nie mehr von ihm wenden, und dann sagt er, ich kann nichts erkennen, irgendwas klebt am Spiegel, aber was, erkenne ich nicht, auch ich stehe auf, beide leuchten wir mit unseren Handys den Spiegel an, nackt stehen wir in dieser Hitze vor dem Spiegel, das gelbe Licht ist so schön, und im Licht der Telefone nimmt der Fleck Form an –

Ein weißer Stern auf hellblauem Grund –

Wir nähern uns mit unseren Gesichtern dem Spiegel, es ist eine Flagge, darauf steht in schmaler Schrift

«Somalia», was hat die Somali-Flagge hier zu suchen, wer hat sie hingeklebt, wem gehört das Haus, frage ich –

Und er erzählt mir, in dem Haus wohnten Freunde von ihm, ein Tifliser Armenier mit seiner russischen Frau, ihnen gehöre das Haus, sie seien für ein paar Monate nach Russland gezogen und hätten ihm die Schlüssel überlassen, bis sie die Wohnung vermietet hätten, und lächelnd sagt er, wir sollten ihnen dankbar sein, denn sonst ständen wir jetzt wieder in einem Hauseingang in Sololaki.

Ich denke nicht mehr daran, ins Bett zurückzukehren, ich merke, es ist schon spät, und ich muss gehen, aber ich will nicht fort aus diesem Dämmer, in dem fast alles unsichtbar ist, solange die Vorhänge sich nicht bewegen und das gelbe Licht der Straßenlampen nicht ins Zimmer sickert –

Auch er hat es eilig –

Surab scheint etwas zu ahnen, er ist zärtlich zu mir, kümmert sich, während ich in Gedanken immer noch bei Nuri bin und es nicht erwarten kann, endlich allein zu sein und seine Nachrichten zu lesen, wahrscheinlich ist mein Handy schon wieder voll mit seinen Botschaften. Surab riecht vertraut, altbekannt, ich kann mich nicht entsinnen, woran mich sein Geruch erinnert, und ich verstehe nicht, wie ich aus diesem Geruch herausfallen konnte, und dann wird mir plötzlich klar, dass ich mich so an Surab gewöhnt habe, ein solches Gefühl der Vertrautheit habe, als wäre er mein Vater oder der Bruder, den ich nie hatte. An meinen Vater habe ich gar keine Erinnerung, ich war fünf Jahre alt, als er verhaftet wurde, und er hat so viele Jahre gesessen, dass ich ihn erst bei seinem Tod wiedergesehen habe. Und jetzt plötzlich finde ich in Surab meinen Vater. Wie soll ich ihm erklären, mit welchen Worten sagen, dass er mir trotzdem teuer ist, furchtbar teuer. Er wird glauben, ich sei übergeschnappt. Nachts liegt er neben mir und legt mir die Hand auf die Brust, unter diesen Händen bin ich ein kleines Mädchen von fünf Jahren, das friedlich schläft. Ich tu so, als schliefe ich. «Treuebruch», was für ein unsinniges Wort.

Nuri –

ist der erste Mensch mit diesem Vornamen, den ich kenne, und er gehört nur ihm, was für ein fremdartiger Name, warum haben sie dich so genannt, frage ich ihn, und er erzählt mir von seinem Großvater, der Schauspieler war, vor vielen Jahren am Theater von Batumi, und sich dort in eine Muslimin verliebte, seine künftige Frau, Nuri ist ein türkischer Name, erklärt er mir, als Kind wurde er ausgelacht deswegen, weil niemand sonst so hieß oder überhaupt so heißen wollte, wie kann man nur Nuri heißen, genauso wie niemand sonst eine solche Hautfarbe hat, die in der Sonne noch dunkler wird, genauso wie niemand sonst diesen säuerlichen Geruch, so glühende Hände, so schmale Lippen hat, die er beim Küssen seltsam schürzt, sieh mal, was ich dir schenke, ich habe die Somali-Flagge drucken und einen Anhänger daraus machen lassen, häng ihn an den Schlüsselbund, dann denkst du immer an mich, als ob ich ihn je vergessen könnte, wir liegen im Bett in der Wohnung, wo nichts mir vertraut ist, und ich geniere mich nicht wegen des Schweißes in der Hitze, und ich sage zu ihm, ich muss ein Foto machen von dem Spiegel, ich will dich nackt fotografieren vor dem Spiegel, ich muss dich fotografieren, wozu ich Fotos bräuchte, fragt er, na wozu, zum Andenken, und er sagt, wohin sollte ich denn fortgehen, ich bin hier bei dir, auf dir, neben dir und habe nicht vor fortzugehen, wozu brauchst du Fotos –

In dieser Wohnung sind Kleider überflüssig, die Vorhänge schützen uns zuverlässig vor neugierigen Blicken –

Ich schreibe –

Ich schreibe pausenlos, sobald ich mich Surabs Blick entziehen kann, ich schreibe, wie ich mich nach ihm sehne, ich schreibe tausend Dummheiten, ich fotografiere ihn, was für einen Körper er hat, wie mager er ist und sehnig, auf den Aufnahmen sieht er ganz anders aus, die Bilder taugen nichts, ich hab's dir doch gesagt, wir brauchen keine Fotos, und ich lösche eines nach dem anderen und behalte nur das von der Somali-Flagge, die in der Spiegelecke klebt, was für eine Ironie, dass ein so glückloses Land eine so schöne Flagge hat mit einem weißen Stern auf Ruhe und Frieden und Unendlichkeit bergendem himmelblauem Grund, wer hätte das gedacht, wie gut, dass irgendwer sie einst an den Spiegel geklebt hat, sonst hätte ich nie erfahren, was Somalia für eine Flagge hat –

Wir sind auch so, sagt er –

Wie sind wir –

Wie sind wir –

Was für dummes Zeug er manchmal von sich gibt, aber in diesen Zimmern, in dieser von Staubgeruch erfüllten Wohnung, in der wir Zuflucht gefunden haben, verwandelt sich alles, und die Worte nehmen Form an in der heißen Luft, du kannst sie mit Händen greifen, sie berühren, was wird dein Mann sagen, wenn er es erfährt, und deine Frau, gebe ich die Frage zurück, obwohl keiner von uns eine Antwort hat, für Antworten ist jetzt nicht die richtige Zeit, umso weniger in der Dunkelheit, wenn er mich aus der Nähe betrachtet, aus nächster Nähe, und die schmalen Lippen öffnet und sie in einer Art bewegt, als versuche er, keine Luft entweichen zu lassen, als halte er die Luft in den Tiefen der Lunge zurück, und er spricht die einzigen Worte aus, die in der heißen Luft nicht tauen und nicht klirrend zerspringen –

Ich liebe dich –

Wie fahl und trüb alles wird in diesen Tagen. Die Kinder, die ich so vermisst habe, lasse ich wieder bei Mutter zurück, Surab und ich reden noch immer kaum miteinander, ich gehe ihm aus dem Weg, er soll mir nicht in die Augen schauen und etwas anmerken können. Vielleicht wäre es besser, er merkte etwas. Wie soll ich ihm erklären, was in meinem Kopf vorgeht? Welche Erleichterung wäre es, wenn Surab mir untreu würde, mich schlecht behandelte, mir das Leben schwermachte. Wie leicht es dann wäre, ihm alles zu erklären. Aber nein, Surab ist genauso wie mein Vater – ein einfacher, gutmütiger

Mann. Hätte ich Gewissensbisse, wäre ich wahrscheinlich ruhiger, aber ich habe keine. Auch dann nicht, wenn ich meinen Jungen in die Augen schaue, und auch dann nicht, wenn Surab sein Bestes gibt, um mir eine Freude zu bereiten. Er fragt mich schon nicht mehr, warum ich immer so spät nach Hause komme. Vielleicht ahnt er etwas und erwartet, dass ich den ersten Schritt mache und es ihm gestehe.

Ich muss mich von meiner Frau trennen, sagt er, und dann –

Und dann weiß er auch nicht, was sein wird, ich kann einfach so nicht weitermachen, sagt er, ich muss mich trennen, fortgehen, und was dann wird, weiß ich nicht –

Was für ein Blödsinn, was für dummes Zeug er manchmal redet, wie will er sich trennen, ein drei Monate altes Baby im Stich lassen, wie könntest du, sage ich, und meine Worte jagen mir Angst ein, warum sage ich, was ich gar nicht sagen will, warum sage ich das, was rede ich manchmal für blödes Zeug, aber ein drei Monate altes Baby im Stich lassen, wie könnte er –

Ich will immer bei dir sein –

Das bedeutet weder *Ich liebe dich* –

noch *Mein kleiner Junge* –

Es ist eine Aussage, die nichts anderes bedeutet, als was jedes ihrer Wörter für sich genommen heißt –

Ich

will

immer

bei dir

sein

Alle diese Wörter sind gleichwertig und tragen keinerlei andere Bedeutung, jedes ist, was es ist, und bedeutet was es bedeutet –

Immer ist in jeder Sekunde morgens abends im Schlaf beim Essen beim Baden immer ist immer –

Ich will so sehr bei dir sein, dass ich du sein will, was lachst du, warum lachst du, was hat mein Alter damit zu tun, warum soll das kindisches Gerede sein, wie kommst du auf kindisch, Kinder haben keine solch starken Gefühle, ein Kind braucht nicht zu erklären, dass es nur es selbst ist und nicht ein anderer zu sein vermag, komm mir nicht mit Philosophie, nein, ich will einfach nur du sein, es gibt einen französischen Film, an den Titel erinnere ich mich nicht, da liegt diese wunderschöne Frau, ich glaube, auf der Erde liegt sie, wenn ich mich richtig erinnere, und sagt zu ihrem Liebhaber, ich liebe diese banalen Schlager, und weißt du, warum, weil ich die Texte mag, gerade Schlagertexte enthalten allertiefste Weisheiten, vielleicht sagt sie es auch nicht so, und ich erinnere es nur so oder will es so erinnern, vielleicht habe ich den Film auch gar nicht gesehen oder er existiert gar nicht, ich weiß es nicht, ich weiß es nicht, ich will einfach immer bei dir sein –

Ich auch –

Erwidere ich –

Und dann denke ich, mir ist nicht mehr zu helfen, warum mache ich solche Dummheiten, wie weit treibe ich diesen Jungen, ich muss mich von meiner Frau trennen, sagt er, nein, sage ich, weggehen und bei dir sein muss ich, sagt er, nein, sage ich, was sollen wir tun, was sollen wir denn tun, fragt er mich –

Ich weiß keine Antwort –

Ständig bin ich darauf gefasst, dass Surab eines Tages alles kapiert, mich zur Rede stellt und ich mich nicht mehr herauswinden kann, er wird mir ansehen, dass ich lüge, dass ich ihn betrüge. Auch dieses Wort bedeutet, was es bedeutet, und nichts anderes. Ich habe meine Kamera bei ihm gesehen. Ich habe doch alles gelöscht, wirklich alles gelöscht? Ich brauche keine Bilder mehr, ich sehe Nuri auch dann vor mir, wenn wir nicht zusammen sind, auch dann, wenn ich allein im Bett liege und darüber nachdenke, dass wir keine einzige Nacht zusammen verbracht haben und die Zeit unsere größte Feindin ist, zu schnell geht sie vorbei, als dass wir mithalten könnten, und bringt uns dahin zurück, wohin wir nicht zurückkehren wollen, obwohl ich nicht weiß, was er in Wirklichkeit will, er spricht so wenig und schaut mich immerzu an –

Er schaut mich an, und auch ich schaue ihn an, ohne etwas zu sagen, denn was könnte ich sagen, wie sollte ich es sagen, wozu sollte ich überhaupt irgendetwas sagen, wenn ich schauen kann, diese Rippen anschauen und berühren, dieses Haar, diese schmalen Hände, diese langen Finger, wenn ich weiß, er gehört mir, und ich brauche dafür keine Beteuerung, er gehört mir, und wenn mir gefällt, wie er mich anschaut, und ich bemühe mich, die ohnehin kurze Zeit des Zusammenseins nicht mit überflüssigen Worten zu verderben, denn jetzt ist nicht die Zeit, zu reden und an die Zukunft zu denken, jetzt ist nicht die Zeit, diese sinnlose Frage zu stellen –

Was sollen wir tun –

Frag mich das jetzt bloß nicht, gar nichts müssen wir tun, und dann sagt er, bedauernswert sind wir alle, wir und alle, die wir in diese Geschichte mit hineingezogen haben, bedauernswert alle zusammen –

Ich –

Er selbst –

Mein Mann –

Seine Frau –

Unsere Kinder –

Einzeln nennt er alle, uns alle, und ich erwidere nichts darauf, obwohl ich ihm zustimme, und ich bin dankbar für das Schweigen, dankbar, dass er nicht weiterspricht, sonst wäre ich bestimmt in Tränen ausgebrochen, weil ich keine Antwort weiß, wie deplatziert wäre es jetzt, wenn ich wieder *mein kleiner Junge* sagen würde, mir fällt auf, dass er nie Scherze macht, über die meinen lacht er, aber selbst macht er keine Scherze –

Die Kinder sind wieder zu Hause. Surab stellt noch immer keine Fragen. Früh am Morgen schaue ich auf die schlafende Familie, ich stehe ja immer als Erste auf, ich schaue auf sie, wie sie daliegen, und denke, wenn ich diese drei Menschen nicht hätte, was wäre dann, was würde geschehen? Und was ist, wenn sie es erfahren? Wie lange kann ich es verheimlichen?

Wo hast du den Schlüsselanhänger mit der Flagge,

fragt er mich und ist verletzt, als ich sage, ich müsse ihn irgendwo verloren haben, offenbar hat er sich gelöst, ohne dass ich es bemerkte, und er zeigt mir die somalische Flagge, die er als Display-Hintergrund auf sein Handy geladen hat, so denke ich immer an dich, sagt er, und dass seine Frau es gesehen und ihn gefragt habe, warum er diese Fahne auf dem Handy hätte und ob sie was bedeute, und er keine andere Wahl gehabt habe, als ihr die Wahrheit zu sagen –

Er hat es ihr gesagt –

Seine Frau weinte und sagte, verlass mich jetzt nicht, geh nicht fort, meinetwegen triff sie oder lass uns zu dritt zusammenleben, ich weiß nicht, was ich ihm entgegnen soll, zum ersten Mal fühle ich mich schrecklich, zum ersten Mal schäme ich mich, dass er mit mir darüber spricht, während wir zusammen im Bett liegen in diesem fremden Haus und nackt sind, und er mir von seiner Frau erzählt, die weinte –

Er bemerkt es und sagt, du hast nichts damit zu tun, es ist meine Schuld –

Wie unpassend das Wort ist, warum hat er es dennoch gesagt, wo er doch ein anderes hätte wählen können –

Es ist aus, sage ich, so kann ich nicht weitermachen, wir müssen Schluss machen, du wirst glücklich mit deiner Frau zusammen, ich kehre zu meinem Mann zurück, wir sind nur noch Arbeitskollegen und Schluss, es wird schwer sein, aber wir werden es überstehen, es ist besser so für uns beide –

Schweigend schaut er mich an, während ich das sage, so still, dass er kaum mehr atmet, seine Augen werden dunkel, die Lippen noch schmaler, ich warte auf seine Antwort, aber er streift sich seine Armbänder über, knöpft bedächtig sein Hemd zu und geht –

Am Abend schreibt er mir die kürzeste Botschaft, die er mir je geschrieben hat –

Es ist besser so.

Ausgerechnet am Wochenende bekomme ich diese Nachricht, ausgerechnet da schreibt er mir, und weil das Büro geschlossen ist, sehe ich ihn auch nicht, aber es ist wirklich besser so, für uns beide ist es wirklich besser so –

Surab ist ein starker Mann. Er ist es leid, dass ich mich ihm so lange entziehe, und er küsst mich, küsst mich beinahe flehentlich, ich gebe nach, liege einfach da auf dem Rücken, ohne etwas zu tun, rede mir ein, dass ich Surab noch begehre, seine starken Arme, er flüstert mir Sachen zu, erinnerst du dich, wie wir uns nachts ins Hippodrom gestohlen haben, die Kinder hatten wir bei deiner Mutter gelassen, was für verrückte Dinge wir gemacht haben, erinnerst du dich, jedes Mal, wenn ich dort vorbeigehe, muss ich daran denken. Ich liege auf dem Rücken und Surab redet, ich spreche kein Wort, denn was soll ich ihm schon sagen.

Am Montag kommt er mit geröteten Augen ins Büro, wir sprechen nicht miteinander, warten auf das Ende des Arbeitstags, damit wir diesem erzwungenen Schweigen entrinnen können, damit ich wieder zu meinem Ehemann und den Jungen und er zu seiner Frau und der kleinen Tochter zurückkehren kann, ja, so wird es geschehen, ich habe es schließlich so entschieden, und er war einverstanden, es ist besser so, aber es wird Abend, und wir sitzen wortlos und blicklos nebeneinander im Taxi, und wieder fahren wir dorthin, mit zitternder Hand öffnet er die Tür, und ich stehe im Schlafzimmer vor dem Spiegel, er küsst mich, küsst mich, und ich weine still, bleib still, sagt er und lacht, lacht glücklich, auch ich sage, still, sei still, so viele Worte haben wir noch nie zusammen wiederholt, und ich muss lachen, wenn ich mich jetzt selbst im Dunkeln sehen könnte, zum Glück ist es finster, und ich kann mein strahlendes dummes Gesicht nicht sehen, zum Glück riecht er immer noch gleich und sagt, du hast mir so gefehlt, und diese Worte klingen, als hätte sie vor uns noch niemand auf der ganzen Welt gesagt, und sie bedeuten genau das, was sie bedeuten, echte, unerträgliche Sehnsucht, und ich begreife, diese Stimme lügt nicht, aber was gäbe es da zu begreifen, mir geht's genauso, auch ich sage, dass er mir furchtbar gefehlt hat, und ich lüge nicht, so sehr hat er mir gefehlt, dass ich bereit bin, mit ihm zusammenzuwachsen, mich nie von ihm zu trennen, ihn ganz und gar zu einem Teil von mir werden zu lassen und jeden Winkel seines Körper zu lecken, alles abzustreifen und ihm zum Geschenk zu machen, und ich sage –

Verzeih mir –

Was soll er mir verzeihen –

Dass ich so dummes Zeug redete, ihn loswerden wollte, es ist besser so sagte, und er muss lachen, und seine Augen füllen sich mit Tränen, dachtest du, ich hab's geglaubt, sagt er, ich hab's nicht geglaubt, ich weiß doch, du willst immer bei mir sein, wobei das keine Frage des Wissens ist, ich will ja auch immer bei dir sein, so etwas hab ich noch nie erlebt –

Was –

Was hast du noch nie erlebt, kleiner Junge, aber die Antwort ist auch ungesagt offensichtlich, so, wie er mich anschaut, und auf einmal sagt er, weißt du, dass wir uns heute vor einem Monat kennengelernt haben –

Vor einem Monat? Wirklich?

Wir haben den 18. September, vor genau einem Monat haben wir uns kennengelernt, du magst runde Daten, sage ich, mach dich nicht lustig über mich, sagt er, wer weiß, was geschieht, wie viele Monatstage wir dieses Jahr noch zusammen begehen können, lass uns nicht darüber reden, du und ich, wir sind zusammen, und mit dir will ich immer zusammen sein, an nichts anderes denken, und plötzlich spreche ich aus, was auszusprechen sich nicht lohnt, aber ich kann nicht anders, und ich sage, dass ich beschlossen habe –

Was hast du beschlossen, fragt er mich –

Es Surab zu sagen, nein nein nein, das verpflichtet dich zu nichts, ich verlange nichts von dir, ich will es, weil ich nicht anders kann und es Surab unbedingt sagen muss, nicht, dass ich mich schäme, vielmehr beschämt mich, dass ich ihn seit einem vollen Monat belüge und ihm aus dem Weg gehe, lange kann ich so ohnehin nicht mehr weitermachen, und am besten stehe ich jetzt gleich auf und sage es ihm, ich meine es ernst, du bist deswegen nicht verpflichtet, irgendetwas in deinem Leben zu ändern, ich verlange nichts von dir –

Wie wird er reagieren –

Mit Streit, Surab wird durchdrehen, sich tief verletzt fühlen, gekränkt natürlich, natürlich, aber ich kann nicht anders, ich muss es ihm sagen, morgen, morgen sage ich es ihm –

Hast du gesehen, was auf den Straßen los ist, was für Fernsehbilder die zeigen, wie die Leute protestieren, ich will's gar nicht sehen, ich schaue mir das nicht an im Fernsehen, bitte geh nicht hin, es ist gefährlich, bitte, nicht dass etwas passiert, nicht dass du attackiert wirst, was würde dann aus mir ohne dich, es müssen ja nicht alle dort auf der Demo stehen, wenn du hingehst, komme ich mit, wir gehen zusammen hin, es ist mir egal, ob man uns zusammen sieht, das kümmert mich nicht, deine Frau weiß es ohnehin schon, und wenn uns wer anderer sieht, bekümmert mich das nicht, Surab will ich es sowieso sagen, wenn nicht heute, so morgen, das ist alles nicht von Bedeutung, Hauptsache, du und ich sind in der Stunde der Gefahr zusammen, lach nicht, das ist nicht zum Lachen, ich habe wirklich eine schlimme Vorahnung, bitte geh nicht hin, na gut, wenn du darauf bestehst, aber dann komme ich mit und, warum auch nicht, beschütze dich, so gut ich kann, falle vor jedem, der auf dich losgeht, flehend auf die Knie, aber allein lasse ich dich nicht hingehen, und da fragt er mich:

Hast du schon mal zu jemand anders *mein kleiner Junge* gesagt?

Was für eine deplatzierte Frage, in diesem Moment –

Ich erwidere, das sei eine unangebrachte Frage, so etwas dürfe er mich nicht fragen, er habe kein Recht dazu, du hast ja recht, entgegnet er, wir können nichts voneinander einfordern, und egal ob wir zusammen sind und immer zusammen sein wollen, wir müssen trotzdem imstande sein, dass jeder separat für sich lebt, damit wir uns nicht zu sehr ins Leben des anderen mischen, seine Augen werden noch dunkler, und etwas klingt in seiner Stimme mit, das ich bisher nicht bemerkt habe –

Wir sind zusammen auf eine Demo gegangen, irgendwo weit draußen, in der Nähe der Metrostation Wascha-Pschawela beim Gebäude des Innenministeriums ist der Verkehr blockiert, Nieder mit dem System, Nein zur Folter, ich habe mich umsonst geängstigt, keiner attackiert irgendwen, Nuri trifft Bekannte, sie küssen, grüßen einander und blicken verstohlen zu mir, wer ist die, zwei Schritt hinter Nuri, die kennen wir nicht, wer ist sie, denken Nuris Freunde, und ich stehe zwei Schritt hinter ihm und bemühe mich, zur Seite zu blicken und die Aufschriften auf den Bussen zu lesen, obwohl es mich kein bisschen interessiert, was bin ich nur für ein Mensch, nichts berührt mich, ich bin eingeschlossen in mein Schneckenhaus, und nichts interessiert mich, was mögen Nuris Freunde von mir denken, gleichaltrig, jung und schön, wie sie sind, was denken sie, wer ich bin, warum ich zwei Schritt hinter ihm bleibe, und mir wird bewusst, dass das Zusammensein mit ihm nicht leicht sein wird für mich, gar nicht leicht, aber darüber denke ich jetzt nicht nach, darüber will ich nicht nachdenken, darüber darf ich nicht nachdenken, darüber darf ich nicht nachdenken, ich werde mir was ausdenken, was ausdenken werde ich mir, ich habe mir schon ausgedacht, was ich tun muss sofort, nach Hause, Surab alles erzählen, ich muss sofort nach Hause und ihm sagen, dass ich ihn nicht mehr liebe, und was ich dann tue, daran denke ich nicht, Hauptsache, ich sage es ihm, und in der Menschenmenge verliere ich Nuri aus den Augen, ich muss sofort nach Hause und Surab alles sagen, das ist das einzig Richtige, was ich tun kann, oder vielleicht auch das Unrichtige, aber es ist das Einzige, was mir bleibt und was ich sofort tun muss, die Kinder sind bei Surabs Mutter, niemand wird uns stören, mein Gott, warum verlangsame ich meine Schritte, warum zögere ich, warum eile ich nicht nach Hause und konfrontiere Surab ohne Umschweife mit diesen Worten, die nichts weiter bedeuten, als was sie bedeuten –

Ich liebe dich nicht mehr

Was zum Teufel ist los mit mir, warum kommen mir die Tränen, ich bin doch kein Kind mehr, warum fällt es mir so schwer, die Treppe hochzugehen, nein, für Tränen ist jetzt nicht die Zeit, ich darf nicht weinen, sonst wird er mich falsch verstehen, ich werde ihm leidtun, und er wird versuchen, mich zu trösten und zu beschwichtigen, denn ich weiß, er liebt mich noch immer sehr und wird mich nicht so einfach gehen lassen –

Aber will ich denn, dass er mich gehen lässt, ich weiß nicht, was ich will, warum mir die Tränen kommen, ich stehe vor der Tür, den Schlüssel in der Hand, und versuche, mir die Tränen aus den Augen zu wischen, kein Tropfen darf zurückbleiben, Surab darf nicht merken, was der Grund ist, er darf nicht merken, dass ich nicht anders kann und diese Worte deshalb ausspreche, und nun öffne ich die Tür –

Was hast du, fragt Surab, hast du geweint, ist was passiert, und ich weiß nicht, was antworten, ich weiß nicht, wie ich ihm sagen soll, dass etwas geschehen ist, das viel größer ist, als ich es in Worte fassen könnte –

Ich sage nichts –

Ich sage überhaupt nichts zu ihm, so dermaßen gar nichts, dass es schwierig zu erklären ist, was dieses Überhauptnichtssagen bedeutet, ich werde es ihm morgen sagen, morgen früh werde ich es ihm sagen, und morgen wird es zu Ende sein, bis morgen früh überlege ich, werde die ganze Nacht überlegen, mir zurechtlegen, sammeln, was ich sagen will, und versuchen, dennoch Worte zu finden, wofür Worte nicht ausreichen, die ganze Nacht habe ich vor mir –

Ich dachte, ich hätte die ganze Nacht zum Überlegen, bis im Dunkeln das Telefondisplay aufleuchtet, eine Kurznachricht von Nuri, wahrscheinlich schreibt er mir wieder diese süßen Dummheiten, wie ich sie von ihm gewohnt bin und ohne die ich keine Stunde mehr sein kann, und ich stelle mich innerlich darauf ein, freudig, und mein Herzschlag beschleunigt sich, genau so, als ob er mir zum ersten Mal schriebe, als ob ich nicht wenige Stunden zuvor gespürt hätte, wie sehr er mich liebt, als ob das nicht aus jeder Berührung spräche, und ich öffne die Nachricht –

NURI

So etwas Schwieriges habe ich in meinem Leben noch nie geschrieben. Bitte schreib mir nicht zurück, eine Antwort ist nicht nötig, und auch Fragen erübrigen sich. Wie du gesagt hast – es ist wirklich besser so, für dich und für mich. Dies soll die letzte Nachricht sein, die du von mir erhältst. Ab morgen komme ich nicht mehr zur Arbeit, ich werde mich um Versetzung in eine andere Abteilung bewerben. Es ist wirklich besser, wenn wir einander nicht mehr sehen und nicht jeden Tag, jede Stunde mit dem Gedanken zubringen müssen, wie unerträglich es ist, ständig in der Nähe des anderen zu sein, ohne zusammen sein zu können. Verzeih mir bitte. Denk nicht, dass du irgendeine Schuld trägst. Von Anfang an war ich der Schuldige, ich habe begonnen, was ich nicht weiterführen konnte. Verzeih mir, wenn du kannst. Ich weiß, ich verlange Unmögliches von dir. Dein Mann scheint ein guter Mensch zu sein, aus dem, was du mir erzählt hast, habe ich jedenfalls herausgespürt, dass er kein schlechter Kerl ist. Ich tu das nicht, weil mir meine Frau und meine Tochter leidtun, der Grund ist ein ganz anderer.

Diesen Grund auszusprechen, das fällt mir selbst schon schwer genug, und du kannst ihn umso weniger erraten. Du wirst dein eigenes Leben leben, und zweifellos wird es in nächster Zeit schwierig für dich sein, aber du wirst dich damit abfinden, und irgendwann wird es vorbei sein. Ich werde dich wahnsinnig vermissen, aber es gibt keinen anderen Weg. Die Somali-Flagge auf meinem Handy habe ich gelöscht.

Ich liebe dich. Ich sage dies zum zweiten Mal, ich weiß, du hast nach dem ersten Mal immer darauf gewartet, dass ich es noch einmal sagen würde. Jetzt also, wo alles endet, sage ich es zum zweiten Mal.

Mit der Zeit wird dir klarwerden: Es war wirklich besser so.

Ich hoffe, dir nie zufällig auf der Straße zu begegnen.

Dein kleiner Junge

N.

TINA

Natürlich springen wir für dich ein, versicherten ihr die Kolleginnen. Sie weiß nicht einmal mehr, mit welcher Entschuldigung sie das Büro verlassen hat. Sie geht zu Fuß das Flussufer entlang. Gestern war hier ein Riesenspektakel, die Demonstranten waren viermal rauf- und runtergezogen, die Polizei hatte die Straße abgesperrt, die Fahrer in ihren stillstehenden Autos hatten ununterbrochen gehupt, und in der nicht mehr so heißen Septembersonne ging Tina durch den Kopf, dass sie glücklich war. Das war gestern gewesen.

Heute jedoch ist alles zu Ende. Sie weiß nicht, wohin sie geht, noch sieht sie, was vor ihren Augen passiert, zum ersten Mal stört sie der Stadtlärm nicht, der sie sonst beklommen macht, erdrückt, den Drang in ihr weckt, die Flucht zu ergreifen und sich in einsame Stille zurückzuziehen. Im Gegenteil, heute sind ihr das Geschrei und der wahnsinnige Verkehr mit seinem Lärm lieber, wenn nur keine Stille sich breitmacht, wenn nur die Stadt sich nicht leert und sie allein zurückbleibt. Sie steht auf der Straße unter der Trockenen Brücke, wo es weit und breit weder Fußgängerampel noch einen Übergang gibt und sie die Fahrbahn nirgendwo überqueren kann. Ihr Blick verschwimmt, sie erkennt nur noch in der Sonne glitzernde Farbflecken, schwarz, schwarz, schwarz, blau, silbergrau, weiß, wieder schwarz, weiß, alle hasten irgendwohin, alle haben irgendein Ziel, in einem der Flecke sitzt eine junge Frau, auf dem Rücksitz ein blond gelocktes kleines Kind, einen anderen steuert ein alter Mann mit dicken Brillengläsern. Sie kann nicht ausmachen, wo genau sie sich befindet, oder vielleicht ist es ihr klar, aber sie will nicht daran denken. In ihrer Dienstuniform, dem kurzen Rock und den Absatzschuhen, wirkt sie wie ein exotischer Vogel, hier an dieser Kreuzung stadtauswärts, wo kaum Fußgänger anzutreffen sind. Alle anderen hier sitzen in farbigen Flecken und schauen nach vorn, fahren geradeaus, weil es nirgends eine Abzweigung gibt, die Straße führt nur geradeaus, im Staub und in der Septemberhitze, die schon nicht mehr Hitze zu nennen ist, denn seit einigen Tagen hat die Sonne an Kraft verloren, aber heute brennt sie trotzdem, sie sticht zum letzten Mal, ab morgen kann es kühler werden, von einem Tag auf den anderen derart abkühlen, dass die Menschen sich in dicke Mäntel mummen, denn hier, in dieser Stadt, gibt es keine Übergangszeiten, das Wetter wechselt von höllischer Hitze direkt zu gnadenloser Kälte, was aber will diese Frau hier, warum ist sie zu Fuß auf diesem Viadukt unterwegs, das über mehrere miteinander verbundene Schleifen führt, warum wird sie von den Fahrern in ihren farbigen Autos verdutzt angestarrt? An was für einem

Ort befindet sie sich? In der Mitte der Viaduktschleifen erhebt sich ein riesiges weißes Monument. Sie hat es bei Tageslicht noch nie so nah gesehen, und es ist gar nicht weiß, sondern grau. Was nun, wohin soll sie sich wenden? Dem Fleckenstrom folgen, aber nicht sofort. Da steht ein Haus. Sie schaut in ein Fenster. Das Zimmer ist gut einzusehen. In einem Sessel beim Fenster sitzt ein Mann. Er hat Tina bemerkt. Sie blicken einander in die Augen, nichts weiter, die Autos hupen wieder. Jemand beschimpft sie: «Runter von der Straße, bist du von allen guten Geistern verlassen?» Aber Tina steht da und blickt zu diesem Mann. Er erwidert ihren Blick, als ob er sie verstünde, doch weder winkt er, noch lächelt er ihr zu, er bewegt sich nicht von der Stelle, tut gar nichts. Wohin nun? Da, nach links. Wieder folgt sie der Viaduktschleife, auf der Seite, wo unten die eingesperrten Tiere leben, wo große, pelzige Tiere, die einander beschnuppern, sich mit gelb verfärbten Zähnen bei den Schnauzen packen, einander gegenseitig liebevolle leichte Tatzenhiebe austeilen. Warum steht sie hier, mit wem ist sie früher oft hierhergekommen? Mit zwei kleinen Jungen, ihren Söhnen? Tina kann sich nicht an ihre Namen erinnern, oder vielleicht erinnert sie sich, aber sie will nicht daran denken. Wie lange kann man so stehen und auf die Tiere hinunterschauen? Was für Tiere sind das? Große, pelzige Tiere. Auch an ihren Namen erinnert sie sich nicht. Wie lange können sie so glücklich verspielt herumtollen, in dieser Hitze, gefangen in diesem Käfig, wie lange genügt ihnen dieser kleine schlammige Tümpel, um sich abzukühlen, werden sie den Winter noch erleben, damit sie in ihre Höhle kriechen und vier Monate schlafen können? Halten sie in Gefangenschaft überhaupt Winterschlaf so wie draußen im Wald?

Wohin geht sie? Dahin, wo ihr Blick hinfällt, den breiten Abhang hinauf, die hohen Steingebäude entlang, wie gut, dass hier so viele Autos auf und ab brausen, wie gut, dass sie einen Lärm machen, der keine Sekunde nachlässt. Wie müde sie ist, wie mühsam es ist, auf den hohen Absätzen den Hang hochzugehen, soll sie die Schuhe ausziehen und barfuß weiterlaufen? Die Leute würden der hübsch frisierten Frau in dem kurzen blauen Rock, der weißen Bluse, dem blauen Blazer und mit dem dünnen blauen Seidenschal um den Hals wahrscheinlich entgeistert nachstarren. Ihre Muskeln brennen vor Erschöpfung. Ein Denkmal, ein nackter Jüngling mit einem Feigenblatt. Sie hält inne. Da ist eine Unterführung, wo pausenlos Menschenmengen hinunter- und heraufsteigen. Minibusse warten in langen Reihen, an der Fußgängerampel werden immer dieselben Leuchtziffern abgezählt – sechzig Sekunden bei Rot, fünfzig bei Grün –, und die Leute leisten den Farben gehorsam Folge. Der nackte Jüngling, der aus der Ferne fein und zart erscheint, ist von nahem aus Stein oder Eisen. Nein, er hat überhaupt keine Ähnlichkeit mit ihm, der ihr die langen Nachrichten schreibt, der so mager ist, dass sie seine Rippen zählen kann, den sie in ihren Armen ganz umschließen, umschlingen und mit ihrem Körper bedecken kann; dieser hier ist groß, ungeheuer groß, und sieh mal, sein Lächeln, von unten gesehen umspielt ein nahezu grausames Lächeln seinen Mund. Sie muss hier weg, muss fort, dieser Straße bis zum Ende folgen. Warum sind hier so viele junge Leute grüppchenweise unterwegs? Da ist eine Hochschule, aber keiner von ihnen scheint sich ums Studieren zu scheren, sie drängen sich vor dem Gebäude und schreien etwas. Einer spricht durchs Megaphon, die übrigen lauschen und rufen dann gemeinsam Parolen. Wieder ein Denkmal, in der Ferne in der Mitte eines Kreisels, auf einem hohen Piedestal. Ein muskelbewehrter Mann auf einem Pferd, das Schwert schwingend und mit fliegendem Haar. Wogegen kämpft er, wonach strebt er? Ihr Kampf ist von vornherein verloren, das weiß sie seit dieser letzten Nachricht, eine Antwort ist sinnlos, und was könnte sie ihm schon antworten, was von ihm verlangen, wo sie doch selbst keinen Ausweg sieht – ein dreimonatiges Baby im Stich zu lassen, die Frau in Tränen und krank vor Sorge zurückzulassen?

Was für eine hohe Brücke, wenn sie hier hinunterspränge, würde sie durch den Aufprall auf das Wasser schon tot sein, aber nein, sie käme gar nicht hinauf, hat immer Höhenangst gehabt, allerdings nur, wenn das Geländer zu niedrig war und sie tatsächlich hätte hinunterfallen können, diese Brücke hier jedoch hat ein solides, hohes und dickes Eisengeländer, an dem sie sich gut festklammern kann, von hier fällt sie nicht hinunter, selbst wenn sie es wollte, könnte sie von hier nicht hinunterfallen. Jenseits der Brücke ist die Gegend baumlos, von drei vergilbten Büschen abgesehen. Ein Hund rennt herum, er hat eine gelbe Marke im Ohr. Sie braucht keine Angst vor ihm zu haben, auch wenn sie gebissen würde, hat sie nichts zu befürchten, denn die gelbe Marke bedeutet, dass er geimpft ist. Aber der Hund schaut nicht einmal zu ihr her, er tollt ganz für sich allein herum, bewundernswert munter, jagt irgendetwas zwischen den Büschen und kümmert sich nicht um die einzige Frau, die heute diese Brücke überquert hat. Wie eng die Straßen hier sind, verstopft mit Autos, auch die Gehsteige sind zugeparkt, sie muss auf der Straße gehen und den entgegenkommenden farbigen Flecken ausweichen wie ein Torero, mit eingezogenem Bauch, den Flecken, schwarz, schwarz, blau, silbergrau, bordeaux, weiß, schwarz, mit bebrillten und unbebrillten Männern, schönen jungen Frauen darin, mit kleinen Kindern auf den Rücksitzen.

Da, hier will sie jetzt reingehen und richtig viel essen. Dinge, die sie den Kindern immer verboten hat. Vollstopfen will sie sich. Der Junge an der Kasse hebt die Hand und ruft lauter als nötig: «Die Kasse hier ist frei. Sie bekommen zwei Lari vierzig Tetri auf Ihre dreißig Lari zurück. Guten Appetit, und besuchen Sie uns wieder.» Was isst sie da nur, wie kann sie auch nur ans Essen denken jetzt. Sie schmeckt überhaupt nichts. Eine Menge Kinder gibt es hier, warum kommen sie mit ihren Kindern in dieses Lokal, warum schenken sie ihnen farbige Luftballons, und warum lachen sie ihnen zu? Sie selbst ist eine gute Mutter. Immer ist sie ermahnt worden: Du musst eine gute Mutter werden, du musst eine gute Mutter werden. Ihr Essen ist kalt geworden, das Eis im Pappbecher geschmolzen. Und nun wohin, wohin jetzt? Soll sie nach Hause zurück, wo ihr Mann auf sie wartet? Nein.

Sie passiert eine Unfallstelle, ein schrecklicher Unfall, bestimmt ist jemand in dem farbigen Fleckenstrom mit irgendwem zusammengeprallt, anders kann es gar nicht sein. In einem mit gelbem Polizeiband abgegrenzten Viereck wuseln Ärzte herum, sie stabilisieren den Nacken einer blutüberströmten, bewusstlosen Frau am Boden, dann heben sie sie mit vereinten Kräften und auf drei zählend auf eine Bahre – was für eine Synchronizität. Lebt sie noch? Eine Menge Leute stehen rundherum, alle gaffen, keiner spricht. Vielleicht hat noch jemand in dem zerquetschten Auto gesessen, ein Kind oder der Mann oder der Geliebte, und niemand bemerkt den Schuh der Frau, der da liegt, zusammen mit dem zerschmetterten Handy, das nie mehr klingeln wird. Die Sirene geht an, ohrenbetäubend, alles übertönend, aus dem Weg, macht der Ambulanz den Weg frei, der Notfallwagen rast davon, ein Leben muss gerettet werden, aber vielleicht ist die Frau auch schon tot. Wie leer der Ort ohne sie ist, nur mit dem zerquetschten Auto, den verstreuten Glassplittern, den Blutflecken und diesem einzelnen Schuh, der immer noch da liegt. Es gibt nichts mehr zu sehen, alles ist vorbei. Sie ist sehr durstig, und ihr ist sehr heiß. Im Umkreis gibt es ein paar Geschäfte. Nein, da geht sie nicht rein, diese grüne Farbe gefällt ihr nicht, auch dort nicht, viel zu viele Leute, die anstehen, aber da, hier will sie reingehen, zwischen den Regalen herumschlendern und eine Flasche Wasser kaufen. Was ist das für ein Geruch?

Die Ladenlüftung funktioniert schlecht. «Haben Sie kein Kleingeld?», herrscht die Verkäuferin sie an. Nein, sie hat es wirklich nicht kleiner. Ohnehin weiß sie nicht, was sie der Verkäuferin gegeben hat, sie will einfach diese eine Flasche Wasser, und während sie das Rückgeld aufsammelt, stellt sich von hinten eine Frau neben sie mit ausgebleichtem blondem Haar und geschwungenen Brauen, reicht der Verkäuferin Geld und sagt: «Ein Orbit-Kaugummi, von den schärfsten bitte» – und bricht in Tränen aus. Sie wagt nicht, sich zu der Frau umzublicken, sie geniert sich, schlägt die Augen nieder, aber einfach so weggehen kann sie nicht, schnell dreht sie sich um, und sie nimmt die Frau in die Arme, ohne ihr in die Augen zu blicken, ohne etwas zu ihr zu sagen, hält sie einen Moment und rennt dann aus dem Laden. Am Ausgang hört sie die Verkäuferin rufen: «Junge Frau, Sie haben das Wechselgeld vergessen!» Aber sie geht nicht zurück, nein, sie geht nicht wieder hinein und lässt die beiden Frauen, die Verkäuferin und die, die geweint hat, verdutzt zurück.

Am Straßenrand werden in der Hoffnung, dass vorbeifahrende Autos anhalten, Blumen zum Verkauf angeboten. Eine Fahrerin steigt aus, auf dem Rücksitz ihres Wagens sitzt ein hübsches kleines Kind, sie handelt ein bisschen und kauft einen Strauß. *Sie wolle die Blumen selber kaufen.* Von wem stammt das schon wieder? Was für ein netter Ort, weit, mit leeren Ausstellungspavillons, hier sind keine Leute unterwegs, und es gibt einen Teich mit Seerosen, Mücken und Fröschen, mit Trauerweiden, die sich übers Wasser beugen. Vom Wasser steigt allerdings ein unangenehmer Geruch auf, nach Fäulnis, Verweilen ist unmöglich, der Gestank wird unerträglich, und sie eilt weiter, eilt wieder auf die Straße, zurück zu dem lärmenden Strom, den allein das Rotlicht zum Stehen bringt und dem die grüne Ampel den Weg wieder freigibt.

Welcher Bahnhof ist das hier mit diesen vielen Bussen, die kreuz und quer, chaotisch in alle Richtungen streben, mit den vielen taschenbeladenen Menschen, die es alle eilig haben, irgendwohin zu kommen, die alle irgendwo erwartet werden, hier in dieser Stadt und außerhalb, in anderen Städten, Dörfern, sogar auf der anderen Seite der Berge, am Ende kurvenreicher Straßen. Wieder eine Brücke, eine große, mit Eisengeländer, an dessen Anfang und Ende Steinsäulen aufragen. Am Brückenende beginnt eine sich unermesslich ausdehnende Straße, die breiteste der Stadt. Nichts mehr behindert hier die freie Fahrt der farbigen Flecke, unbeschwert sausen sie auf dieser ausgedehnten Straße dahin und fahren nicht aufeinander auf. Identisch gebaute Häuserblocks säumen beide Seiten. Was für eine Symmetrie. Woher hat sie das Wort? Nirgendwoher, es ist von selbst aufgetaucht. Am Ende der Straße sieht man ein weiteres Reiterstandbild, diesmal auf einem niedrigen Piedestal, und wenn sie schnell durch den Autostrom eilt, könnte sie bis zum Denkmal gelangen, könnte es sogar mit der Hand berühren, doch wozu sollte sie das?

Jetzt ist sie wieder am Flussufer. Die Stadt nimmt den Fluss von beiden Seiten in die Zange. Wohin geht sie? Welch weiten Weg sie gegangen ist, wie weit diese Stadt sich erstreckt. Seit wie vielen Stunden läuft sie auf diesen hohen Absätzen? Sie ist so müde, dass sie ihre Füße nicht mehr spürt, aber sie macht trotzdem keinen Halt. Wie viele Denkmäler es in dieser Stadt gibt. Noch ein steinerner Jüngling, dieser hier ringt mit einem Tiger, ebenfalls aus Stein, vielleicht ringt er auch gar nicht mit ihm, erwürgt ihn nicht, vielleicht will er ihn umarmen und küssen. Einerlei, Tina ist es einerlei. Wieder eine steile Straße, der Felsen am Hang grünt moosbedeckt, und Wasser quillt darüber, es riecht auch moosig oder nach was auch immer für einer Pflanze. Warum ist es noch nicht dunkel, es ist doch schon September, da werden die Tage kürzer, warum zieht sich dieser Tag so unendlich hin? Hier war sie heute schon, ist sie im Kreis gegangen? Oder war es doch nicht hier? Sie erinnert sich nicht mehr, alles ähnelt sich, überall fließt ohne Unterlass der farbige Autostrom. Wie schön er ist, wenn sie die Augen schließt, innehält und hinter geschlossenen Lidern auf ihn blickt, wie schön er ihr da erscheint. Nein, nun kann sie nicht mehr weiter, ihre Füße sind ganz verkrampft. Sie müsste einen Halt einlegen, sich irgendwo hinsetzen, sich ausruhen, aber sie ist außerstande haltzumachen. Sie weiß nicht mehr, in welchem Buch sie von dem Jungen gelesen hat, der auf die Heimkehr seiner Freundin wartet, die krank ist und in der Stadt den Arzt aufgesucht hat, und der Junge wartet auf sie, er weiß, gleich kommt sie nach Hause, aber er erträgt das Warten nicht mehr und eilt zur Busstation, und unterwegs hüpft er über alle Schlaglöcher, über jeden Graben und jedes Loch in der Straße hüpft er und redet sich ein: Wenn ich hier und hier darüberspringe, dann kommt mein Mädchen gesund zurück, ich darf nur kein einziges auslassen. Tina kann sich nicht mehr erinnern, wie die Geschichte weitergeht, vielleicht erinnert sie sich, aber sie will nicht daran denken. Die Autofahrer haben die Scheinwerfer aufgeblendet, plötzlich, wie auf ein geheimes Zeichen hin, sind alle Straßenlaternen angegangen, noch ist ihr Licht blass, noch ist es nicht ganz dunkel, aber bald, ganz bald wird das Licht des Tages schwinden und nur die gleitenden Scheinwerfer werden die Straße, das Bett dieses nie versiegenden Stroms, beleuchten. Wo ist sie hingeraten, was will sie hier? Wie vertraut ihr diese Gegend ist, wie viele Jahre sie schon durch diese Straßen geht, hier, auf diesem zwischen den Blocks eingezwängten Spielplatz spielen ihre Kinder, hierher bringt Surab jeden Tag die Kinder, außer wenn es regnet, schneit oder zu windig ist.

Was kommt als Nächstes? Ihre Füße kennen den Weg mit der Einbiegung, dem Obststand, der Frau, die sommers wie winters jeden Tag bis spätabends dahintersteht – ob sie wohl Kinder hat, die schon schlafen, wenn sie nach Hause kommt, oder warten sie auf sie? –, der Apotheke mit der großen hellblauen Schrift und den uniformierten Gehilfinnen, die die Kunden jeden Tag von morgens bis abends lächelnd fragen: Darf es noch etwas sein?, der hohen Mauer mit den blau hingesprayten Gedichtzeilen, von Wahlplakaten halb überklebt und unverständlich gemacht – was sucht sie hier? Hier steht Tinas Haus, in dem Tina, Surab und die Kinder wohnen, hier kennt sie sämtliche Autos, hat sie vom Balkon aus schon tausendmal gesehen. Das ist ihr Hauseingang, ihr Lift, die Tür zugekleistert mit Annoncen, ihr Treppenhaus mit den Lampen, die eine nach der anderen klickend angehen, das ist die Tür zu ihrer Wohnung, das der Schlüssel, mit dem sie die Tür auch in völliger Dunkelheit aufzuschließen vermag. Und nun hält sie diesen Schlüssel in der Hand, von drinnen ist kein Geräusch zu hören, die Kinder sind nicht zu Hause, sonst würden sie Lärm machen, und was nun? Am Schlüsselbund fehlt etwas: ein hellblauer Anhänger mit einem weißen Stern.

Tina denkt, dieser Schlüssel passt nicht in diese Tür, und steigt eine Etage tiefer.

LILI

Sie hat so an die Tür gepoltert, dass mir das Herz stehengeblieben ist, und ich hab mir weiß Gott was gedacht, als ich öffnen ging.

«Wer ist da?»

«Ich bin's, Lili – Tina. Darf ich einen Moment reinkommen?»

Da war etwas in ihrer Stimme – ich konnte nicht nein sagen. Sie sah aufgelöst aus, verweint, elend. «Was ist denn los, Kindchen?», hab ich gesagt und sie hereingelassen.

«Lili, darf ich ein bisschen hier bei Ihnen bleiben?» Genau so hat sie's gesagt, und bevor ich überhaupt irgendwas antworten konnte, stürzte sie in den Flur und fiel mir um den Hals. Was ist mit dem Kind los, hab ich gedacht, was für einen Narren hat die auf einmal an mir gefressen, seit wann mag die mich denn, aber dann hat sie so bitterlich zu weinen und zu schluchzen angefangen, dass ich's nicht übers Herz gebracht hab, etwas zu sagen.

Sie ist bis spätabends bei mir geblieben. Sie weinte und weinte, wollte gar nicht mehr aufhören. Ich machte ihr Tee, den sie nicht anrührte, brachte ihr Essen, das sie keines Blicks würdigte. Ich hab keine Fragen gestellt. Was geht's mich an? Ich hab ihr angeboten, dass sie sich ein wenig hinlegen kann. Und kaum hatte sie sich auf dem Sofa ausgestreckt, schlief sie schon wie eine Tote. Ich weiß nicht mehr, wie lange ich dagesessen und sie betrachtet hab, während sie schlief. Sie hat sich nicht einmal auch nur umgedreht. Ich hab nicht mal das Fernsehen angemacht, bis Mitternacht; da wachte sie dann auf, bedankte sich für die Beherbergung und ging. An der Tür hielt sie noch einmal inne, drehte sich zu mir um und drückte mir einen Kuss auf die Wange. Was dem Kindchen wohl zugestoßen ist, so hab ich sie noch nie erlebt, dachte ich. Ich hab aber nichts gefragt, sie hätte es mir schon von sich aus erzählt, wenn sie hätte reden wollen. Ich mag den Leuten nicht die Würmer aus der Nase ziehen. Ich hab dann den Riegel vorgelegt an der Wohnungstür, in diesen Zeiten laufen ja Tausende Verrückte herum, wer weiß, einer von diesen Spinnern könnte mich ja überfallen, wobei, zu holen gibt's bei mir nichts, aber trotzdem.

Ich hab den Fernseher eingeschaltet: Sie haben wieder Bilder von den Demonstrationen gezeigt, diese jungen Leute sind ja nicht müde zu kriegen, wie die sich aufführen, zu meiner Zeit hätten wir uns so was nicht getraut. Jetzt ist schon der dritte Tag, dass ich meine Serie nicht sehen kann, nichts als die Wahlen, die Wahlen, zur Hölle damit, seine Ruhe hat man erst wieder, wenn sie endlich vorbei sind.

Wieso ist sie ausgerechnet zu mir gekommen? Wir hatten doch ständig Streit, sie und ihr Trottel von Mann, wie schwer kann es eigentlich sein, die Leitungen so zu reparieren, dass nicht jede Woche das Wasser literweise zu mir runtertropft? Aber nein, sie müssen mir das Leben vergällen, Frieden für sie und für mich ist erst, wenn ich tot bin. Mir reicht's mit dem Fernsehen. Ich hab dieses Tohuwabohu satt.

Wer zum Kuckuck ist das denn? Merab wie? Aus welchem Ministerium? Hat sich anscheinend in seinem Büro umgebracht. Was nur treibt einen Mann in seinem Alter und mit seiner Position zu so was? Na, der wird's sich selbst eingebrockt haben, meine Sorge soll's nicht sein, Sorgen hab ich so schon genug. Ach, was hat mich dieses Mädel durcheinandergebracht. Ich muss schlafen, sonst bin ich morgen nicht mehr so schön.

SURAB

Es war Mitternacht, als sie den Schlüssel im Schloss umdrehte. Sie schlüpfte wortlos in die Wohnung, als ob es völlig normal wäre, einfach so zu verschwinden, stundenlang unauffindbar zu sein und dann wieder aufzutauchen. Wie soll ich nun reagieren? Schließlich kann ich sie nicht ausschimpfen, sie nicht anschreien, wo bist du gewesen, Mensch, hast du sie noch alle, hast du den Verstand verloren, was denkst du dir nur, den ganzen Tag haben wir dich gesucht, ich hab mir weiß Gott was gedacht, beinahe einen Herzinfarkt gekriegt, die ganze Welt zusammengetrommelt, deine Mutter ist außer sich, ruft mich alle Augenblicke an, bist du eigentlich völlig durch den Wind, so geht das nicht, warum tust du mir das an, was hab ich dir bloß getan – nein, so kann ich nicht mit ihr reden. Wobei, warum eigentlich nicht, sie hätte das verdient und mehr noch. Sie muss mir erklären, wo sie gesteckt hat den ganzen Tag, aber als sie ins Zimmer kommt und das Licht anmacht, sehe ich in ein Gesicht, das ich gar nicht kenne, sodass ich nichts dergleichen herausbringe. Ich warte, bis sie von sich aus etwas sagt. Ich weiß gar nicht, wie ich sie ansprechen soll, was für einen Sinn es jetzt hätte, ihr zu sagen, dass ich eine Stelle habe.

Im Hof draußen sind Polizeiautos zu hören. Sie haben die Leiche gefunden. Blinkendes Blaulicht scheint durchs Fenster herein, es trifft Tina und beleuchtet ihr Gesicht abwechselnd weiß und blau. Was ist los mit ihr, wie sieht sie bloß aus? Besser, ich sage jetzt wirklich nichts. Ich will es nicht noch schlimmer machen. Im Hof unten herrscht Aufregung. Tina steht da und blickt mich an. Wie lange will sie noch so stehen bleiben? Warum sagt sie nichts? Los, sag was, irgendwas, erzähl mir, was geschehen ist. Mein Ärger ist schon verraucht, aber wie soll ich ihr das verständlich machen, nachdem ich eine Ewigkeit auf sie gewartet und sie gesucht hab, sie wird es kaum glauben; aber ich werde sie nicht schelten, ihr keinesfalls böse sein, bloß etwas sagen und mit mir reden soll sie. Warum steht sie da und schweigt? So hab ich sie noch nie erlebt. Sag was, Tina, bitte. Sie hat mir irgendetwas sehr Schlimmes mitzuteilen und schafft es nicht. Warum schweigt sie, die ganze Zeit, warum sagt sie kein Wort? Ich gehe auf sie zu, nehme sie in die Arme, drücke sie fest, ganz fest an mich, ein Zittern überkommt mich, ich küsse sie. Wie kalt sie ist, wo ist sie gewesen den ganzen Tag, wo ist sie herumgewandert, warum sagt sie kein Wort?

Tina dreht sich um und geht ins Schlafzimmer. Ich folge ihr. Immer noch ohne ein Wort öffnet sie die Schranktür und beginnt, Kleider herauszunehmen. Was machst du da, Tina? Wie rede ich jetzt mit ihr, wie stelle ich diese

Frage, wie klingt das? Aber was macht sie da? Sie nimmt schweigend vom Schrank oben die Reisetasche herunter, packt die Kleider, sie wirft sie nicht einfach unordentlich hinein, sondern faltet alles bedächtig und bettet es Stück für Stück in die Tasche, als würde sie nur ausführen, was sie schon tausendmal in Gedanken geprobt hat. Und immer noch kein einziges Wort. Ich ertrage es nicht mehr, wie lange soll ich mir das noch ansehen, und ich schreie aus vollem Hals: «Tina, was machst du da?»

Sie hält inne, spricht aber nicht. Ich verstehe nicht, was sie mir mit diesem Schweigen mitteilen will. Dann fährt sie mit dem Packen fort. Ich reiße ihr die Tasche aus der Hand.

«Bist du übergeschnappt, Mädchen, sag was, was tust du da, wo warst du, du bist wohl völlig durch den Wind, Mädchen!» Was für eine furchtbare Stimme ich habe, warum muss ich so schreien.

Endlich, endlich öffnet sie die Lippen und sagt:

«Ich gehe.»

«Was heißt, du gehst? Wohin gehst du? Du bist ja wirklich völlig durchgeknallt.»

Wortlos nimmt sie mir die Tasche aus der Hand. Ich möchte fluchen, sie anschreien, sie schlagen, was soll das heißen, sie geht, wohin geht sie, was ist denn mit den Kindern, was für ein Schwachsinn ist das denn, was ist in sie gefahren, was kann so Schlimmes passiert sein, hab ich sie irgendwie verletzt – aber ich bin außerstande, etwas zu sagen.

Sie verlässt ohne Eile das Schlafzimmer, hält vor dem

Kinderzimmer inne, zieht ihre Schuhe aus und lässt sie im Flur stehen. Was für ein seltsames Benehmen, es muss ein Scherz sein, ja, sie macht Spaß, ganz einfach, will mich aufziehen. Und ich bin drauf reingefallen! Ich breche in Gelächter aus.

Sie geht zur Wohnungstür, immer noch langsam und ohne ein Wort.

Ich folge ihr und sage lachend: «Wo willst du denn hin mitten in der Nacht, du könntest doch wenigstens bis zum Morgen warten.»

«Ich kann nicht warten.»

«Wieso nicht?»

«Es ist besser, du weißt es nicht.»

«Was?»

«Ich kann die Nacht nicht mit dir zusammen verbringen, ich kann nicht.»

Sie zieht Turnschuhe an, öffnet die Tür und verlässt die Wohnung.

Was soll ich jetzt tun? Ihr nachlaufen, sie in die Wohnung zurückzerren, sie anschreien, anflehen? Ich nehme den Fotoapparat und gehe auf den Balkon. Im Hof drängen sich die Nachbarn, Uniformierte laufen geschäftig hin und her, Manana Tschelidse ist von Frauen umringt, ich kann aber nicht verstehen, was sie sagen. Ihre Stimmen klingen erregt. Tina jedoch schreitet ohne Eile durch die lärmende Menge. Ich zücke die Kamera und stelle sie scharf. Da, gleich hält sie inne, bleibt stehen und schaut zurück ... Sie bleibt nicht stehen. Nicht mehr lange, und sie ist verschwunden. Ich muss sie einfangen ...

Die Menschen sind auf dem verschwommenen Bild nur blaue und schwarze Schatten. Ich kann nicht erkennen, welcher davon Tina ist. Dabei hat sie gestern Nacht noch hier im Bett gelegen, in diesem Schlafzimmer, dessen Schrank nun offen steht, der Schrank, aus dem sie Kleider genommen und in die Reisetasche gepackt hat. Wäre sie gestern Nacht erwacht und hätte gesagt: Surab, wo gehst du hin, Surab, bleib hier, hätte gestern Nacht der Boden geknarzt und wäre sie aufgewacht, hätte mich verwundert angesehen und gefragt: Warum schläfst du nicht, Surab, was willst du mit der Kamera – bestimmt hätte ich kein Wort herausgebracht, bestimmt wäre ich dageblieben, aber nein, Tina hatte tief und fest geschlafen wie immer, wie früher, als die Kinder noch klein waren und sie nicht ein einziges Mal wach wurde, wenn sie nachts weinten. Und wennschon? Mache ich ihr Vorwürfe? Dass sie nachts durchgeschlafen hat? Dass immer ich es war, der aufgestanden ist und die Kinder beruhigt hat? Nein, überhaupt nicht. Aber wenn sie gestern aufgewacht wäre, ja, doch, ich hätte ihr alles erzählt, ich hätte gesagt: Tina, es ist etwas passiert, das wirst du nicht glauben … Und Tina hätte erwidert: Hast du sie nicht mehr alle, wir rufen sofort die Polizei. Aber nein, sie hat geschlafen, und selbst wenn sie wach geworden wäre, hätte sie vielleicht gar nichts gefragt, sondern nur den Kopf aus dem Kissen gehoben, sich dann umgedreht und weitergeschlafen, und ich wäre auf jeden Fall hinunter, leise die Treppe hinunter, damit auch ja keiner der Nachbarn merkte, wie ich rausging zum vorderen Block. Alles schlief, wirklich alles, in keinem einzigen Fenster war Licht. Was wäre passiert, wenn doch irgendwer aus dem Fenster geschaut und gerufen hätte: He, Surab, was machst du da? – Ja, was? Was mache ich da? Klack! Wer hat nur diese verdammten Bewegungssensoren erfunden, die automatisch das Licht angehen lassen, wenn du gerade kein Licht brauchen kannst, wenn du es dunkel haben willst, jedenfalls gibt es ausgerechnet dann keine einzige durchgebrannte Lampe, wenn du sichergehen willst, dass niemand dich sieht, nicht, bevor du im Gebäude bist, nicht, bevor du zu der Wohnung hochgestiegen bist. Du weißt genau, was du antreffen wirst, aber dass die Tür offen steht, hast du dann doch nicht erwartet. Wie der davongerannt ist, wie ein Wahnsinniger, wahrscheinlich sitzt er jetzt im Auto und hat nur einen Gedanken: Nichts wie weg und so weit wie möglich, aber wohin sollte er fliehen, so weit kann er gar nicht kommen, dass ihn das Ganze nicht einholen und er zur Rechenschaft gezogen würde.

Komisch, die Wohnung dann und wie sie roch – nach Sauberkeit. Im Eingang vier Paar Schuhe, am Haken ein dünner Mantel. Auf dem Boden Rechnungen. «Bitte begleichen Sie den ausstehenden Betrag innerhalb von 30 Tagen ab Rechnungsdatum, widrigenfalls ...» Rechts das Bad, ein kleiner Wäschekorb vor der Waschmaschine, im Korb schmutzige Wäsche, ordentlich gefaltet und gestapelt, Rasierzeug, Rasierschaum, Aftershave, Zahnpasta, Zahnbürste, alles nur einmal, auch nur ein Handtuch, ein großes blaues, und die Wände komplett weiß gekachelt, mit einem blauen Streifen auf Taillenhöhe. Das Bad ist neu für mich, von meiner Wohnung aus ist es nicht zu sehen. Wozu mache ich jetzt Fotos davon, andererseits, warum auch nicht? Es gibt nichts Überflüssiges hier, man sieht, dass er erst seit kurzem hier wohnt, noch hat sich nichts Überflüssiges ansammeln können, keine Dinge, die einen reuen oder die man aus Faulheit oder Trägheit doch nicht wegwerfen will und die wie von selbst einen Platz finden und Staub ansetzen. Was, wenn ich es jetzt plötzlich aus dem Zimmer dort rufen hörte: Ist da wer? Was machst du da? Wenn er glaubte, der andere sei zurückgekommen, um sich zu entschuldigen ...? Wenn er jetzt tatsächlich aufstehen würde – aber es herrscht eine solche Stille, dass er ohne Zweifel tot sein muss. Wie er wohl dieses Badezimmer lüftet? Ah, es gibt einen kleinen Abzug, aber ohne Fenster beschlägt das hier alles vermutlich ganz schön, wenn man badet. Auf dem Spiegel ist eine Handtuchspur zu sehen, wahrscheinlich hat er das Wasser abgewischt. Am Rasiermesser kleben ein paar einzelne Bartstoppeln. Hat er sich heute rasiert? Hat er überhaupt je einen Bart getragen? Wahrscheinlich hat er sich regelmäßig rasiert, ich muss auf den Fotos nachschauen, ob er je ein bisschen Bart hatte, aber dort im Zimmer liegt jetzt ein glattrasierter Toter. Angeblich wachsen Bart, Haare und Nägel nach dem Tod weiter. Also, mit der Zeit, er ist ja erst seit kurzem tot. Er liegt auf dem weißen Teppich. Hingestreckt. Liegt da. Wie viel Blut da ist, aber nicht über den Teppich hinaus, der ist dick und nimmt alles auf, saugt sich voll. Ich muss mich überzeugen, ob er wirklich tot ist. Wozu, er atmet nicht, und wenn er nicht atmet, heißt das, er ist tot, und damit hat sich's. Trotzdem. Da, am Hals lässt sich der Puls fühlen; wenn er noch lebt, müsste die Halsschlagader pochen. Ich spüre nichts. Vielleicht atmet er so schwach, dass ich es nicht wahrnehme, aber weder Bauch noch Brust regen sich. Nein, er hat keinen Puls mehr, er ist tot. Warum hört dann das Blut nicht auf zu fließen? Wie lange nach dem Tod strömt Blut durch die Adern? Wie viele Liter Blut hat ein Mensch im Leib? Und wenn es auf den Fußboden fließt? Zu den Nachbarn runtersickert und ein Blutfleck an der Decke erscheint?

Er ist noch warm. Obwohl er tatsächlich nicht mehr atmet, sieht er noch sehr lebendig aus. Vielleicht finde ich irgendwo einen Spiegel, einen Handspiegel, den ich ihm vor den Mund halten kann; wenn er beschlägt, heißt das, er lebt noch. Spiegel hin oder her, da ist kein Puls mehr. Scherben einer zerbrochenen Vase. Ein Bücherregal. Fast leer. Die paar Bücher, die da stehen, sehen dazu noch alle alt aus. Wahrscheinlich gehört kein einziges davon ihm. Dass er keinen Fernseher hat, wusste ich schon. Das Bett, nein, eigentlich ein Sofa, ist zerwühlt. Ein aufgeklapptes Schlafsofa. Tagsüber Sofa und nachts Bett. Zerwühlt, durcheinander, aber sauber. Blut ist keins darauf geraten. Warum hört es nicht auf zu fließen, lebt er vielleicht doch noch? Ich drücke mit den Fingern fester gegen seinen Hals, drücke – und plötzlich spüre ich da einen Puls. Oder bilde ich es mir nur ein? Nein, es pocht, ganz klar, ich spür's. Und wenn er mich plötzlich anspräche, «Hilf mir» sagte, was soll ich dann machen? Sollte ich nicht doch den Notdienst rufen? Als ob jemand käme, wenn man bei denen anruft. Unser Notdienst funktioniert ja so toll. Okay, angenommen, sie kommen tatsächlich, untersuchen ihn, füllen irgendwelche Formulare aus und befragen mich, wer ich bin und was ich hier mache, und dann benachrichtigen sie die Polizei. Die wird sagen, der Tathergang muss geklärt werden, da sind doch Spuren von Gewalt, das war doch kein Unfall. Und was heißt hier Spuren, die Wunde an seinem Kopf ist riesig, überall liegen Scherben herum, da braucht es keine besondere kriminalistische Logik, um zum Schluss zu kommen, dass ihn jemand niedergeschlagen hat ... Und spätestens da werde ich den Kopf verlieren, davonrennen, und die Polizei wird mir sofort hinterherschreien: Junger Mann, halt, wohin wollen Sie! Die haben mich schneller, als ich schauen kann; die ganze Nachbarschaft wird wach, auch Tina, es bricht ein Riesenlärm aus, es gibt einen solchen Menschenauflauf, dass sogar Tina aufwacht, auf den Balkon rauskommt und mich sieht, wie mich die Polizei verhört, und sie wird in den Hof runtergestürmt kommen. Nein, wenn ich nicht telefoniere und noch ein wenig warte, wird er völlig ausbluten, und ich werde nichts damit zu tun haben. Sowieso, wäre ich diese Nacht woanders gewesen oder hätte ich mit Tina zusammen geschlafen und es nicht gesehen, dann wäre er auch gestorben, was also hab ich damit zu tun, warum sollte ich anrufen oder überhaupt irgendwas machen? Trotzdem, wie viele Liter Blut hat ein Mensch, und wie viel muss er verlieren, um daran zu sterben? Muss sich der Körper bis zur Neige, bis zum letzten Tropfen leeren, oder, angenommen, es bleibt noch ein wenig zurück, stirbt er dann dennoch, weil der Rest nicht mehr ausreicht? Verfällt er in Krämpfe? Oder stirbt er völlig unmerklich? Wie lange braucht es, bis er erkaltet?

In der Küche war ich noch nicht, hab sie noch nie von innen gesehen. Das Spülbecken ist übervoll mit schmutzigem Geschirr, seit wann sich das wohl schon stapelt? Was für Licht er da hat, gelbes, warmes. Warm ... Vielleicht ist es ja noch nicht zu spät, um den Notdienst zu rufen. Nein, ich weiß, was ich tu, jetzt weiß ich es, es soll mich jetzt nur keiner danach fragen, denn Antwort kann ich keine geben, aber ich weiß genau, was ich tu, es ist eben ein anderes Wissen, ganz ohne Worte. Da, in der Ecke des Beckens Geschirrspülmittel und Schwamm. Das Wasser kommt brühheiß, wo stellt man das denn kälter? Aha, so ist's gut, perfekt, das Spülmittel schäumt, ich wasche das ganze Geschirr ab, damit keine Spuren zurückbleiben, keine Fingerabdrücke oder irgend so was. Wasser spritzt mir aufs T-Shirt, schaumiges Wasser, aber immerhin vergeht die Zeit, und währenddessen strömt das Blut, und ich hab nichts damit zu tun. Ich stelle die Gläser umgekehrt zum Abtropfen hin, aber halt, wenn nun Fingerabdrücke von mir darauf geblieben sind? Daran hätte ich früher denken müssen. Handschuhe. Warum hab ich daran nicht gedacht. Wenigstens hab ich Zeit genug, ich wasche alles noch mal ab. Was für kleine Putzhandschuhe, meine Hände sind viel größer als seine. Ich wasche jedes einzelne Glas nochmals ab, na ja, was heißt abwaschen, ich schwenke sie im Wasser, das reicht, und stelle sie noch mal zum Trocknen hin. Der Fußboden ist gefliest und leicht zu putzen. Nein, den Boden noch nicht, erst den Tisch, kann doch sein, dass sie hier gesessen und zusammen Kaffee getrunken haben, der andere seine Hände auf dem Tisch hatte und Fingerabdrücke hinterlassen hat? Erst der Tisch und dann der Boden. Da werden jede Menge Spuren auf dem Boden sein, trotzdem, ich hab Zeit, keine Hetze, bis Tagesanbruch schaffe ich das alles.

In der Stille höre ich nur mich selbst, meine Stimme, führe ich etwa laut Selbstgespräche? Nein, die Stimme ist nur in meinem Kopf. Aus dem oberen Stockwerk ist nichts zu hören. Auch aus den benachbarten Wohnungen kommt nicht das kleinste Geräusch. Alles schläft, wirklich alles, und niemand hat irgendwas gehört. Zum Glück hab ich die Putzhandschuhe gefunden, das Chlorzeug greift die Haut an. Die Badewanne. Wer weiß, ob sie nicht gemeinsam in der Wanne gelegen haben? Auf die Toilette ist er jedenfalls bestimmt gegangen und hat sicherlich was angefasst, die Fliesen, den Deckel, deshalb muss hier alles gescheuert werden, mit Bürste und Chlor. Können auf Plastikvorhängen Fingerabdrücke zurückbleiben? So sorgfältig werden sie doch wohl nicht suchen? Wenn Tina mich jetzt sehen könnte. Unsere Wohnung hab ich nie so gründlich geputzt. Doch Tina kann mich nicht sehen, das hoffe ich zumindest, sie schläft, während ich diese weiße Kachelwand mit dem blauen Streifen schrubbe. Und der Rest? Das Zimmer, das Hauptzimmer? Zum Glück ist die Wohnung nicht groß.

Zwei Stunden sind vergangen. Wenn der andere auf einmal zurückkehrte? Außer sich wäre und plötzlich hereingestürmt käme? Vielleicht sogar den Notdienst alarmiert hätte oder gar selber die Polizei? Ach, wenn er bis jetzt nicht zurückgekommen ist, kommt er auch nicht mehr. Die Bettwäsche muss ich wegschmeißen, darin wäre sicherlich was zu finden, Haare oder so. Ich stopfe sie in die schwarze Plastiktüte und werfe sie später in den Müllschlucker, morgen kommt der Müllwagen und nimmt sie mit, die Müllgruben werden sie ja wohl kaum absuchen.

Es ist nicht mehr lange hin, bis es dämmert; die Müllabfuhr kommt um sieben, keiner wird die Tüte je finden. Wie er da liegt, er scheint den ganzen Raum einzunehmen. Blut rinnt jetzt keines mehr. Es hat aufgehört zu fließen. Ich stelle die Tüte mit der Bettwäsche hin und betrachte ihn. Wenigstens fotografieren will ich ihn noch, bevor ich gehe, einmal aus der Nähe, die Bilder kriegt ja keiner zu sehen, ich werde keinem je was erzählen, aber wenigstens diese Fotos sollen bleiben, ich versteck sie auf dem Laptop, und da bleiben sie. Was für ein schönes Bild. So ein schönes hatte ich noch nicht. Ob er wohl immer noch warm ist? Selbst wenn ich den Notdienst gerufen hätte, hätten die es vielleicht doch nicht rechtzeitig geschafft, und überhaupt hätte ich ja auch gar nicht hier sein, hätte gar nicht gesehen haben können, was passiert ist, sondern einfach bei Tina geschlafen haben. Wie schön er ist. Das werden gute Bilder, sehr gute. Noch ein paar von ganz nah, dann ist Schluss, und ich gehe. Wonach riecht es hier, Chlorgeruch ist das nicht. Eher Rost oder Eisen oder so was. Wenn ich mich hinknie und aufs Gesicht zoome, wird die Aufnahme noch besser. Puh, verdammt, ich bin mit dem Knie ins Blut geraten. Es ekelt mich nicht, er ist ja tot, was soll ein Toter mir anhaben, warum soll er mich ekeln, er liegt reglos da und wird sich nie wieder regen, es ist nur Blut, eine natürliche Flüssigkeit, mit Wasser geht das wieder ab. Wie schön er ist. Ich hab mich noch nie vor Toten gefürchtet, auch jetzt nicht. Warum sollte ich mich fürchten? Ich hab ihn ja schließlich nicht umgebracht. Auch ohne mich wäre er gestorben. Die Beleuchtung ist günstig hier, super Aufnahmen werden das.

LILI

Eine ganze Weile nachdem ich die Augen zugemacht hatte, brach im Hof ein Mordslärm aus. Keiner nimmt mehr Rücksicht auf irgendwen! Eine alte Frau wie ich schläft doch um diese Zeit schon. Unerhört! Aber wer denkt schon an so was. Was sollte ich machen, also bin ich auch raus auf den Balkon. Und was sehe ich, die ganze Nachbarschaft war zusammengelaufen. Auch Polizeiautos standen da. Ich sag's ja, ein bisschen Spektakel reicht, und die Leute gehen gar nicht mehr schlafen. Interessehalber hab ich zu dieser Frau runtergerufen, wie heißt die gleich?, egal, zu der Nachbarin im ersten Stock, und hab gefragt, was da los sei. «Anscheinend ist der Mieter der Tschelidses letzte Nacht umgebracht worden.» Ja sind denn alle verrückt geworden in diesem Land? Wie soll man da noch schlafen können? Und in dem Moment hat's an die Tür geklopft. Das wird die Polizei sein, dachte ich, wahrscheinlich wollen die mich ausfragen, ob ich etwas gesehen hab, ich öffne also die Tür, und wer steht da? Dieser Junge! Mensch, denke ich, was will der jetzt, zuerst seine Frau, dann der Mann, eine Nacht ist das, die reine Hölle, was kommen die alle zu mir, dem schlag ich jetzt die Tür vor der Nase zu, nichts da, aus meinen Augen, Quälgeister alle beide! Von wegen! «Lili, meine Liebe, bitte, darf ich reinkommen?», fragt er und hält mit der einen Hand die Tür fest. In der anderen trägt er einen Fotoapparat. Er hat einen komischen Gesichtsausdruck, irgendwie verstört. Himmel, was soll ich tun, denke ich, soll ich ihn reinlassen oder nicht, und wie kann er's nach seinem Auftritt kürzlich überhaupt wagen, sich bei mir blicken zu lassen. Soll ich etwa glauben, er kommt, um sich zu entschuldigen, mitten in der Nacht? Wahrscheinlich hat ihm seine Frau gesagt, dass sie bei mir war, und er will wissen, worüber sie mit mir gesprochen hat. Wo sie doch gar nichts erzählt hat. Bin ich ihr Eheberater oder was, und überhaupt, seit wann bin ich mit denen so bekannt oder befreundet, dass sie mitten in der Nacht ... Herrgott noch mal.

Er steht immer noch da und sieht mich an. «Lassen Sie mich bitte einen Moment herein», sagt er, «es ist etwas sehr Wichtiges.» Noch bevor ich überhaupt den Mund aufmachen kann, schiebt er sich an mir vorbei in die Wohnung. Ja gibt's denn so was? Eine Unverschämtheit! Da beißt die Maus keinen Faden ab: Der Bursche hat mir noch nie gefallen, Taugenichts, so schwer kann es schließlich und endlich nicht sein, die Leitungen zu flicken ... Er ist also hereingedrängt und hat sich aufs Sofa gesetzt, genau dorthin, wo vorher seine Frau gesessen hatte. Oje, dachte ich, die sind wie Katzen, die wissen, wo die andere gerade gelegen hat.

«Worum geht's, was ist los?», hab ich ihn gefragt.

«Liebe Lili, bitte schauen Sie mal, wer von diesen Menschen da drauf Tina ist», hat er gesagt und mir den Fotoapparat entgegengestreckt.

«Ich weiß nicht, mein Junge, ich kann nichts erkennen, auf dem Bild ist alles ganz dunkel, gib mir den Apparat mal, ich schau es mir aus der Nähe an», hab ich gesagt und ihm die Kamera aus der Hand genommen, «dort auf dem Klavier liegt meine Brille, reich sie mir bitte» – und plötzlich muss ich auf einen Knopf gedrückt haben, und der Bildschirm leuchtete auf. Erst hab ich nicht erkennen können, was es war, irgendetwas Weißes und Rotes, ich hab die Brille aufgesetzt und wollte schon sagen, also Tina ist das nicht, als es mich von Kopf bis Fuß wie ein Stromschlag durchfährt und ich nicht einmal mehr weiß, bin ich es oder wer anders, die mit meiner Stimme fragt: «Surab, mein Sohn, wer ist das, dieser junge Mann?»

SCHOTIKO

Ich bilde es mir nicht ein. Der beobachtet mich tatsächlich. Seit meinem Einzug beobachtet mich der Typ im Block da vorn ständig. Wennschon, sei's drum. Wirklich, soll er mich beobachten, wenn er das unbedingt will und nichts anderes zu tun hat. Was das bloß für einer ist? Warum hockt der ständig zu Hause? Ich mache das Licht nachts extra nicht aus, soll er nur alles schön mitkriegen. Schließlich und endlich, falls was passiert, falls mich einer umbringt, dann hat die Polizei wenigstens einen Zeugen. Also, soll er nur stehen und schauen.

MIX
Papier aus verantwortungsvollen Quellen
FSC® C083411
www.fsc.org

Das für dieses Buch verwendete Papier ist FSC®-zertifiziert.